MOEWIG
ROMAN

Barbara Cartland

Venezianische Nächte

MOEWIG

MOEWIG Band Nr. 2517
Verlag Arthur Moewig GmbH, Rastatt

Deutsche Erstausgabe
Titel der Originalausgabe: Love and Lucia
Aus dem Englischen von Dagmar Hartmann

Umschlagentwurf und -gestaltung: Franz Wöllzenmüller, München
Umschlagillustration: Three Lions
Verkaufspreis inkl. gesetzl. Mehrwertsteuer
Auslieferung in Österreich:
Pressegroßvertrieb Salzburg, Niederalm 300, A-5081 Anif
Printed in Germany 1987
Druck und Bindung: Ebner Ulm
ISBN 3-8118-2517-8

Zum Buch

Auf der Flucht vor den eintönigen Einladungen des Königs und seinen Liebesaffären reist Marquis Giles von Wynchcombe, einer der begehrtesten Junggesellen Londons, nach Venedig, um sich dort zu amüsieren.
Bei einem morgendlichen Spaziergang spricht ihn in einem Straßencafé auf der Piazza San Marco eine junge Frau an. Sie bittet den versierten Kunstsammler, sich doch die Bilder ihres Vaters, Bernard Beaumont, anzusehen. Obwohl sein Verstand ihm davon abrät, begleitet er Lucia in das Atelier ihres schwerkranken Vaters.
Die Bilder, die ihm Lucia dort präsentiert, sind für den Marquis eine Offenbarung: Er ist überzeugt, daß es Beaumont besser als irgendeinem anderen der zahlreichen Künstler gelungen ist, das Flair dieser bezaubernden Stadt einzufangen. Spontan erklärt er sich bereit, alle Bilder zu kaufen.
Doch die Wege der hübschen Lucia und des Marquis trennen sich danach keineswegs. Als Beaumont kurz darauf stirbt, sieht sich der Marquis in der Beschützerrolle . . .

Zur Autorin

Barbara Cartland, die in direkter Linie mit den Herzögen von Hamilton verwandt ist – sie ist die Stiefgroßmutter von Lady Diana –, ist heute eine der erfolgreichsten Autorinnen der Welt. Ihre Romane wurden in fast allen Kultursprachen veröffentlicht.

1

1824

Der Marquis of Wynchcombe wachte nur langsam auf. Die Hitze im Zimmer war bedrückend, denn die Jalousien waren geschlossen und die Vorhänge vorgezogen.

Wenn er allein schlief, öffnete er immer als letztes am Abend die Fenster. Er liebte es, den ersten Schein der Morgendämmerung am Himmel emporsteigen zu sehen.

Doch heute gab es einen besonderen Grund. Sein Vergnügen der vergangenen Nacht lag neben ihm, und ihr sanfter Atem verriet, daß sie fest schlief.

Er wandte sich ab, wobei ein leichtes Lächeln seine Lippen umspielte. Die vergangene Nacht war feurig und ungehemmt gewesen, genau wie er es von einer Venezianerin erwartet hatte, andererseits aber auch – was er gar nicht gern zugab – ein wenig erschöpfend.

Als er Francesca Rosso das erstemal hatte singen hören, war er beeindruckt gewesen. Sie hatte eine Stimme wie eine Nachtigall und trällerte die hohen Töne wie eine Lerche, die zur Sonne hinaufflog.

Darüber hinaus war sie jung, schön und offensichtlich eifrig darauf erpicht, in seine Arme zu sinken und sich unter seinen Schutz zu begeben.

Der Marquis war verwöhnt und überaus wählerisch darin, wem er seine Gunst zuteil werden ließ. Aber er hatte, kaum daß er in Venedig eingetroffen war, bereits gewußt, welche Frauen am attraktivsten waren. In der Welt des Theaters war Francesca einzigartig.

Wenn sie in der Oper eine Vorstellung gab, blieb kein Platz leer, und man lobte sie in den höchsten Tönen, wie es nur die Italiener mit Hilfe ihrer Sprache, ihrer Hände und ihrer Augen zuwege bringen, wenn sie etwas oder jemanden bewundern.

Nach einer langen Reise von England herüber war der Marquis auf der Suche nach Entspannung und Amüsement.

So war es nur eine Sache von Tagen, bis er Francesca kennenlernte, und in dem Augenblick als sie ihn sah, wußte sie: Wenn sie das war, wonach er gesucht hatte, dann konnte sie es umgekehrt nur bestätigen.

Seit Napoleon als König von Italien Venedig besetzt hatte, waren die Venezianer von Jahr zu Jahr ärmer geworden.

Die alten Familien kämpften ums Überleben und hatten nur wenig Geld, das sie für Extravaganzen und Vergnügungen ausgeben konnten, die Teil ihrer Geschichte waren. So war ein englischer Adliger für die Kurtisanen von Venedig ein Geschenk des Himmels.

Als Venedig nach dem Wiener Kongreß an Österreich abgetreten wurde, änderte sich die Situation der Venezianer nur wenig.

Der Unterschied bestand einfach nur darin, daß jetzt ein anderer Kaiser über sie herrschte – der in Wien saß –, und ein anderer Vizekönig.

Wie immer sie sich auch verhielten, die Venezianer verabscheuten sie, und der Marquis hatte bislang noch keinen Menschen in Venedig getroffen, der nicht augenblicklich anfing, die Österreicher zu beschimpfen.

Was nun ihn selbst betraf, so war er des Vergnügens wegen nach Venedig gekommen.

Nachdem sie England viele Jahre lang nicht hatten verlassen können, außer, um gegen Napoleon zu kämpfen, nutzten männliche und weibliche Engländer jetzt zu Zehntausenden die Gelegenheit Europa zu entdecken.

Die sogenannte »Grand Tour« hatte ihren Charakter fast vollständig verändert. Nachdem es jetzt leichter und viel bequemer geworden war zu reisen, verreisten nicht mehr nur die Adligen und die wohlhabenden Bürger der Mittelklasse, sondern auch Dichter, Schriftsteller, Musiker und Maler, wobei die letzteren von Venedig wie von einem Magneten angezogen wurden.

Der Marquis hatte William Turner getroffen, der 1819 zwei Wochen in Venedig verbracht hatte und hatte seinem Lobgesang auf diese Stadt gelauscht, die für ihn eine Enthüllung des Lichts bedeutet hatte.

Aber obwohl der Marquis ein bekannter Kunstsammler war und das Angebot derart groß war, daß er noch etliche Gemälde sowohl in seinem Haus auf dem Land als auch in jenem in London hätte unterbringen können, suchte er in Venedig doch etwas, das wärmer und menschlicher war als ein Bild.

Und das fand er gewiß in Francesca.

Von dem Augenblick an, als sie in den vornehmen *Palazzo* eingezogen war, den er am Canale Grande bewohnte, hatte sie ihn aufs angenehmste amüsiert und unterhalten. Es fiel ihm leicht, seinen Entschluß, nach Venedig zu kommen, im Nachhinein gutzuheißen.

Die *Beau Monde*, so fand er, hatte sich verändert. Der kürzlich gekrönte König wurde älter, die Gesellschaften, die Seine Majestät im Buckingham Palace und im Royal Pavillion in Brighton gab und die eine Menge Leute während seiner Zeit als Prinzregent amüsiert, erzürnt und schockiert hatten, waren nicht mehr dieselben.

»Entweder sind sie langweilig geworden«, hatte der Marquis zu einigen seiner Freunde gesagt, »oder ich langweile mich schneller.«

Sie hatten gelacht, und nur Lord Duncan, sein ständiger Begleiter, hatte den Mut besessen zu sagen:

»Diese Bemerkungen sind beide richtig, Giles. Niemand wird abstreiten können, daß du wählerischer geworden bist, blasierter und bestimmt zynischer als vor fünf Jahren.«

Weil nur selten jemand so direkt war, hatte der Marquis seinen Freund überrascht angeschaut.

»Vielleicht hast du recht, aber für die Zukunft ist das alles andere als eine rosige Aussicht.«

Alastair Duncan hatte gelacht.

»Mit deinem Geld, Giles, wird es für dich immer ›neue Weiden‹ geben.«

Vielleicht war es diese Bemerkung, die dem Marquis bewußt werden ließ, daß alles, was er tat, und was er seit dem Ende des Krieges getan hatte, anfing, monoton zu werden.

Es waren nicht nur die Parties, die »das Beste vom Besten« waren, sondern auch die Rennen, die Steeple Chases, an denen er selbst teilnahm, vor allem aber die Frauen. Wenn er so darüber nachdachte, dann fehlte es ihnen an Vielfalt.

Noch war er jedoch nicht so zynisch, daß er sich selbst gesagt hätte, daß alle Frauen gleich wären!

Aber wenn er so darüber nachdachte, dann schienen seine Herzensangelegenheiten, seine Affären, die eine auf die andere folgten, den gleichen Verlauf zu nehmen.

Und wenn sie einen gewissen Höhepunkt erreicht hatten, dann gerieten sie aus unerfindlichen Gründen unweigerlich in Vergessenheit.

Es war Alastair Duncan, der sie ihm am letzten Abend, ehe er London verließ, klarmachte.

»Hast du dich jemals gefragt, Giles«, wollte er wissen, »wonach du im Leben eigentlich suchst? Oder besser, welches Ziel du hast?«

Der Marquis, der ein ausgezeichnetes Abendessen zu sich genommen hatte, das ihm sein französischer Koch zubereitet hatte, hatte sich mit einem Glas Brandy in der Hand zurückgelehnt und geantwortet:

»Warum sollte ich nach irgend etwas suchen?«

»Weil du nicht anders kannst«, hatte Alastair geantwortet.

»Ich habe keine Ahnung, wovon du überhaupt sprichst.«

»Dann hör mir zu. Du bist einer der reichsten Männer hier im Land, du bist gewiß der am besten Aussehendste, der Sportlichste und, wenn du auch nur selten darüber nachdenkst, einer der Intelligentesten. Unter diesen Umständen muß es für dich doch unmöglich sein, so, wie es jetzt ist, zufrieden zu sein.«

»Unsinn!« hatte der Marquis entschieden erklärt. »Ich fühle mich von deiner Beschreibung meiner Person natürlich geschmeichelt, aber ich versichere dir, ich bin vollkommen zufrieden mit meinem Besitz, meiner Stellung im Leben und vor allem mit meinen Pferden.«

»Und du glaubst wirklich, daß all das ausreicht, um dich zu beschäftigen und deinen Geist für die nächsten vierzig oder fünfzig Jahre auszulasten?«

Der Marquis lachte.

»Warum nicht?«

»Du bist entweder beschränkt oder unehrlich dir selbst gegenüber«, sagte Alastair, »etwas, das ich bei dir noch nie zuvor erlebt habe.«

»Worauf, zum Teufel, willst du hinaus?« wollte der Marquis wissen.

»Ich glaube, die Antwort darauf ist, daß es mich traurig macht zu sehen, wie sich ein so außergewöhnlicher Mensch wie du es bist, so verschwendet.«

»In welcher Beziehung?«

Die Stimme des Marquis klang jetzt ein wenig scharf.

»Vielleicht liegt es daran, daß du, wie du sagst, zufrieden bist. Aber ich kann einfach nicht glauben, daß ein Mensch mit Verstand zufrieden sein kann, wenn er mit solchen Leuten zusammen ist, mit denen du im Augenblick deine Zeit verbringst.«

»Was ist mit ihnen denn nicht in Ordnung?«

»Nehmen wir zum Beispiel den König. Wir alle mögen ›Prinny‹, haben es immer getan, aber er ist zunehmend fett, träge und, wenn wir ehrlich zu uns selbst sind, langweilig geworden.«

Die Augen des Marquis blitzten, aber er unterbrach Alastair nicht.

»Seit er von einer fetten, alten, habgierigen Frau nach der anderen betört worden ist, fällt es mir zunehmend schwerer, mich auf das zu konzentrieren, was er sagt. Ich habe es nur immer eiliger, der Königlichen Gegenwart so schnell wie möglich zu entfliehen.«

Als er geendet hatte, erwartete Lord Duncan, daß der Marquis ihm widersprechen würde, aber dieser nippte nur an seinem Brandy und meinte dann:

»Weiter, es interessiert mich.«

»Soll ich die ganze Sammlung von männlichen und weiblichen Anhängern durchgehen, die dich umschmeicheln, weil du reich bist, und weil es im Moment keinen anderen gibt, der ihnen das bieten kann, was sie begehren?«

»Und was ist das?« fragte der Marquis.

»Gastfreundschaft, Amüsement und das Gefühl, daß sie sich am richtigen Ort befinden, wenn du auch dort bist.«

Der Marquis warf den Kopf zurück und lachte.

»Ich habe dich noch nie so redegewandt erlebt, Alastair, oder so scharfsichtig. Ich hatte immer den Eindruck, wenn wir etwas zusammen unternommen haben, daß es dir Spaß gemacht hat.«

»Das hat es auch, und das weißt du! Andererseits ist es mir aber nicht entgangen, daß du das Leben nicht mehr so genießt wie früher, als wir noch unter den Unbequemlichkeiten und Entbehrungen in der Armee gelitten haben und doch jung und enthusiastisch genug waren, alles zu genießen.«

»Wir werden alle älter«, bemerkte der Marquis philosophisch.

Alastair Duncan lachte.

»Du klingst ja wie Methusalem. An deinem nächsten Geburtstag wirst du vierunddreißig, und es gibt immer noch ›Leben in den alten Knochen‹ – sollte es zumindest.«

Der Marquis stand auf.

»Komm schon, Alastair, ich weiß zwar nicht worauf du hinauswillst, aber mich stimmt es sehr nachdenklich.«

»Das hatte ich gehofft, und ich will dir auch sagen, warum ich froh darüber bin, daß du fortfährst.«

»Also schön, ich fahre fort, weil ich mich langweile«, lenkte der Marquis ein. »Ich bin aber ganz sicher, daß ich, wenn ich erst einmal in Venedig bin, am liebsten auf der Stelle kehrtmachen und direkt hierher zurückkommen würde.«

»Ich werde dich mit offenen Armen empfangen«, erklärte

Alastair. »Ich wünschte, bei Gott, ich könnte mit dir kommen!«

»Dann laß die Armee Armee sein und tu's«, schlug der Marquis vor.

Sein Freund schüttelte den Kopf.

»Nein. Ich hatte schon daran gedacht, die Armee zu verlassen als der Frieden erklärt wurde, aber dann habe ich beschlossen, so lange zu bleiben, bis mein Vater stirbt. Ich habe keinen Besitz wie du, um den ich mich kümmern muß. Und irgendeine Beschäftigung brauche ich schon, um meine Tage auszufüllen. Ich kann schließlich nicht nur von einem Club zum anderen ziehen, von einer Party zur anderen und von einem Bett ins nächste!«

Der Marquis lachte wieder.

»Ich muß dich loben, Alastair, für deine Entscheidung, deine Art zu leben und deine Kritik an meinem Lebensstil. Aber gleichzeitig verfluche ich deine Impertinenz!«

Erst als er am nächsten Tag aufbrach, mit einem großen Gefolge, das für seinen Komfort sorgen sollte, erinnerte sich der Marquis daran, was sein Freund gesagt hatte, und er mußte zugeben, daß ein Fünkchen Wahrheit darin lag.

Aber welche Alternative hatte er denn, fragte er sich, außer noch mehr Rennen zu gewinnen als die, die er bereits gewonnen hatte, sich zu vergewissern, daß seine Ländereien in bester Ordnung waren, und den Monarchen mit seiner Aufmerksamkeit zu beglücken, weil der König es von ihm verlangte.

»Warum willst du ins Ausland reisen?« hatte Alastair mürrisch gebrummt, als der Marquis sich von ihm verabschiedet hatte.

Nachdem er, wie Alastair sich ausgedrückt haben würde, das Kindermädchen für den impulsiven, gefühlvollen Prince of Wales und den frustrierten und oft hysterischen Prinzregenten gespielt hatte, wußte der Marquis, wie er mit dem König umzugehen hatte.

»Ich weiß, Sire, daß Eure Majestät dasselbe tun würden,

wenn Ihr könntet. Ich sehe es als meine Pflicht an, herauszufinden, was in den verschiedenen Teilen Europas geschieht, nachdem das Volk unter Napoleon so sehr gelitten hat.«

»Ich nehme doch an, sie können sich selbst helfen«, hatte der König geantwortet.

»Nicht ohne unser Verständnis, unsere Hilfe und unsere Inspiration«, hatte der Marquis erwidert.

Er sah, daß der König beeindruckt war, und fügte hinzu:

»Nachdem wir den Krieg gewonnen haben, Sire, ist es unsere Pflicht, wie ihr selbst so oft erklärt habt, den Frieden zu schaffen und zu erhalten.«

Danach hatte ihm der König in verändertem Ton Gottes Segen gewünscht, aber auch gesagt – und das war ein Befehl gewesen:

»Bleibt nicht zu lange fort. Ich werde Euch vermissen, und ich will Sie bei mir haben.«

Als der Marquis den Palast verließ, hatte er das Gefühl, in eine neue Freiheit zu entfliehen, die er seit einigen Jahren nicht mehr genossen hatte.

Andererseits war er doch nicht so optimistisch gewesen zu glauben, daß die neuen Interessen im Ausland seinen Geist stärker beschäftigen würden als es in England der Fall war.

Verschiedene seiner Freunde hatten so viel von Venedig erzählt, daß er beschlossen hatte, zuerst dorthin zu fahren.

So reiste er durch Frankreich, um die Verwüstungen zu inspizieren, die der Krieg dort angerichtet hatte. Seine Yacht schickte er voraus, so daß sie ihn in Marseilles erwarten würde, wenn er dort eintraf.

Die Reise war nicht besonders interessant für ihn, abgesehen von einer amüsanten Woche in Paris.

Tatsächlich gefiel ihm die Sonne des Mittelmeeres besser, und es machte ihm auch mehr Spaß, sein neues »Spielzeug«, seine Yacht *Sea Horse*, auszuprobieren.

Obwohl er es in gewisser Weise bedauerte, daß Alastair oder ein paar andere Freunde ihn nicht begleiten konnten, hatte er doch in der Vergangenheit bereits die Erfahrung gemacht, daß ständige Gesellschaft einschränkend wirkte, und daß selbst die nettesten Leute anfingen, einem auf die Nerven zu gehen, wenn man sie zu häufig sah.

»Allein bin ich besser dran«, sagte sich der Marquis.

Die Wahrheit dieser Aussage wurde ihm besonders bewußt, als er Venedig erreichte.

Er hatte seinen Sekretär vorausgesandt, damit dieser einen *Palazzo* mieten konnte, in dem er einigermaßen komfortabel untergebracht sein würde.

Leute, die aus Venedig zurückgekehrt waren, hatten erzählt, daß es dort eine ganze Anzahl von *Palazzos* gab, die venezianischen Adligen gehörten, deren Besitzer aber nur zu gern eine hohe Miete für Paläste entgegennahmen, deren Instandhaltung ihnen selbst seit langem zu teuer geworden war.

Der *Palazzo*, der bereits bei seiner Ankunft auf den Marquis wartete, war ausgesprochen eindrucksvoll.

Fünf Generationen hindurch hatte er derselben Familie gehört, aber die derzeitigen Besitzer waren bereit, in eine sehr viel kleinere und billigere Unterkunft umzuziehen, solange der Marquis ihr Pächter war.

Obwohl einige Teile des Gebäudes zweifellos schäbig waren und dringend der Reparatur bedurft hätten, war der Marquis doch beeindruckt, wieviel Geschmack die alte Einrichtung verriet.

Zahlreiche Bedienstete, die sein Sekretär eingestellt hatte, sorgten außerdem schon bald dafür, daß im Haus die Perfektion herrschte, die der Marquis erwartete, wo immer er unterkam.

Im Dämmerlicht des riesigen Raumes, in dem er sich jetzt befand, konnte er unter der bemalten Deckenwölbung die schweren Brokatvorhänge sehen. Sie verdeckten die hohen Fenster, die vom Boden bis zur Decke reichten.

Derselbe Brokat war auch um das große Bett drapiert, in dem er jetzt lag, und darüber wölbte sich ein geschnitzter, vergoldeter Himmel, wie der über dem Thron des Dogen. Jeder, der darunter lag oder stand, würde sich wichtig fühlen.

Dann, als wäre der Mangel an frischer Luft und das irgendwie durchdringende Parfüm, das aus Francescas Haar aufstieg, mehr, als er ertragen konnte, schlüpfte der Marquis leise aus dem Bett.

Er durchquerte das Zimmer und betrat einen angrenzenden Raum, in dem sein Diener seine Kleider aufgehängt hatte.

Als er die Tür hinter sich schloß, holte er tief Atem, als wäre er auf der Suche nach frischer Luft.

Nachdem er sich dann gereckt und gestreckt und seine Muskeln hatte spielen lassen – was seine Kraft verriet –, wusch er sich mit kaltem Wasser, ehe er anfing sich anzukleiden.

Im Augenblick verspürte er nicht den Wunsch, seinen Kammerdiener zu rufen. Er wollte einfach allein sein.

Vielleicht war es die Sättigung einer langen Liebesnacht, vielleicht auch die bleiche Sonne, die am Himmel emporkroch und den Dunst auflöste, der draußen über dem Canale hing, auf jeden Fall sehnte er sich nach Ruhe und Stille.

Seit er nach Venedig gekommen war, war er gefeiert worden, hatte man ihn eingeladen, und ihn – wie er jetzt fand – bedrängt.

Jetzt wollte er nichts weiter, als dem allen entfliehen und er selbst sein.

Er war daran gewöhnt, allein zurechtzukommen, und so kleidete sich der Marquis selbst an und band seine Krawatte so schnell und geschickt, als hätte sein Kammerdiener ihm geholfen.

Er war schon vor langer Zeit zu dem Schluß gekommen, daß er alles, was ein Diener machen konnte, besser machen würde.

Er überprüfte das zwar selten, empfand aber jetzt ein Gefühl von Befriedigung in dem Bewußtsein, daß keine Hilfe bewirkt hätte, daß er schneller angezogen gewesen wäre, als es jetzt der Fall gewesen war.

Es war noch sehr früh am Morgen, und wenn sich vielleicht auch schon ein paar Diener in der Küche rührten, so war doch niemand zu sehen, als er das Ankleidezimmer verließ.

Er stieg die breite Treppe hinab, die zum unteren Teil des

Palazzos führte und dann weiter zum Eingang am Kanal, der im Winter oft überflutet war.

Der Marquis begab sich jedoch nicht auf die Vorderseite des *Palazzos*, wo seine private Gondel wartete, sondern ging stattdessen auf der Rückseite auf eine schmale Gasse hinaus, die zwischen hohen Häusern verlief, deren Fenster größtenteils verschlossen und verriegelt waren.

Die Gasse selbst war leer, und erst, nachdem er ein Stück gelaufen war, gelangte er an eine Brücke, von der aus er den kleinen Kanal unter sich überblicken konnte. Er sah einen Mann in einer Gondel vorüberstaken, in der Gemüse und Obst aufgehäuft waren.

Der Mann war sicher auf dem Weg zum morgendlichen Markt, zu dem der größte Teil dessen, was in der Stadt verzehrt wurde, aus dem Umland gebracht wurde.

Er ging weiter. Die Sonne vertrieb jetzt die letzten Nebel vom Wasser und schuf damit das durchsichtige Licht, das Turner so unwiderstehlich gefunden hatte, daß er versucht hatte, es auf der Leinwand unsterblich werden zu lassen.

Der Marquis jedoch dachte in diesem Augenblick nicht an die exquisite Architektur oder die Verbindung künstlicher und natürlicher Schönheit, sondern an sich selbst.

Er war seit zehn Tagen in Venedig und fragte sich bereits, so absurd das auch klingen mochte, wie bald er wieder abreisen könnte.

Francesca war sicherlich ein Reiz, länger zu bleiben, aber so sehr sie ihn auch anzog und erregte, so wußte er doch bereits, daß es ein Fehler wäre, zuzulassen, daß sie unersetzbar würde.

Es war fast so, als wollte er es bedauern, sie verlassen zu müssen; als wollte er sie brauchen und doch gehen, solange er noch das Bedürfnis hatte, zu bleiben.

»Alastair hat sich geirrt«, sagte er sich, als er weiterging. »Ich habe auf dieser Reise nichts weiter gelernt, als daß ich lieber reite als gehe, und daß mir Engländer lieber sind als Ausländer!«

Dann schalt er sich selbst engstirnig und sagte sich, es wäre besser allem, was neu und anders war, mit einer kindlichen Offenheit und Neugier zu begegnen.

Aber – war es denn überhaupt so anders?

Wie war das mit den Unterhaltungen, denen er zugehört hatte, wenn man ihm zu Ehren wieder einmal eine Dinnerparty gegeben hatte?

Waren sie nicht ganz dieselben wie diejenigen, die er an seinem eigenen Tisch in Berkeley Square oder im White's Club gehört hatte?

Und war Francesca, wenn man den Tatsachen einmal ins Auge sah, nicht genauso wie die *Incomparables*, die sich ihm in London an den Hals warfen, oder die Schönen der Gesellschaft, die ihn mit einer Einladung in den Augen lockten, oder mit einem provozierenden Lächeln auf den Lippen?

»Was will ich überhaupt? Wonach, zum Teufel, suche ich?« fragte sich der Marquis und stellte dann zu seiner Überraschung fest, daß er sich bereits auf der *Piazza San Marco* befand.

Er war die schmalen Gassen schnell entlanggegangen, über die Brücken, die die kleinen Kanäle überspannten, dann auf einer Seite die Treppen hinauf und automatisch auf der anderen Seite wieder herunter.

Er war so in seine Gedanken vertieft gewesen, daß er schon am Ende seines Spaziergangs angelangt war, fast noch ehe er sich bewußt geworden war, daß er ihn überhaupt angetreten hatte.

Jetzt sah er auf der *Piazza San Marco* Männer und Frauen, die zur Arbeit oder zu den Märkten eilten, und ein paar gutgekleidete Herren, die entweder aus einem Casino oder aus einem warmen Bett kamen und sich auf dem Weg zurück in ihre eigenen Häuser befanden.

Andere, wie der Marquis selbst, überquerten den großen Platz einfach um sich zu bewegen, oder wollten in einem der Cafés, die sich unter den Arkaden zu beiden Seiten befanden, einen Kaffee zu sich nehmen.

Der Marquis beachtete sie alle kaum. Die Absätze seiner

Stiefel hallten über den Platz, als er zwischen den Säulen hindurchging und dann zwei Stufen auf den Bürgersteig hinab.

Als er *San Marco* mit den funkelnden Goldmosaiken, den vier überragenden Bronzepferden über dem Mittelportal und den Cupidos gegenüberstand, ging er weiter in die Mitte des Platzes.

Tauben stolzierten vor ihm einher, und als er sich schneller als sie zu bewegen schien, flatterten sie auf, um sich wenige Schritte entfernt wieder niederzulassen.

Erst jetzt bemerkte der Marquis die Kellner, die Tische und Stühle der Straßencafés hinausstellten, und er beschloß, eine Tasse Kaffee zu trinken.

Als er jetzt daran dachte, fühlte sich sein Mund plötzlich trocken an, entweder vom Wein, den er am Vorabend getrunken hatte, oder – was wahrscheinlicher war – von der stickigen Luft seines Schlafzimmers.

Ohne Eile ließ er sich an einem Tisch nieder. Um diese frühe Zeit hatte er noch die freie Auswahl. Augenblicklich kam ein Kellner, um seine Bestellung entgegenzunehmen.

Er gab sie in gebrochenem Italienisch auf, ausreichend, um sich verständlich zu machen, wenn er auch kein längeres Gespräch hätte führen können.

Dann betrachtete er die Schönheit der *Piazza*, ohne sie jedoch wirklich richtig in sich aufzunehmen.

Er dachte noch immer über sich selbst nach: darüber, was er tun sollte und ob es klüger wäre – in seinem eigenen Interesse – nach London zurückzukehren, wenn nicht nächste Woche, so doch in der übernächsten.

Natürlich könnte er noch Neapel oder Rom besuchen, aber er hatte keine besondere Lust dazu und fürchtete, es könnte sich als noch langweiliger erweisen als die Rückkehr zu dem, was Alastair die »Monotonie Englands« genannt hatte.

Der Kellner brachte den Kaffee, und der Marquis schenkte ihn ein. Dabei bemerkte er, daß er im »Florians« saß, dem ältesten Café Venedigs, das schon vor langer Zeit, nämlich 1702, eröffnet worden war.

Als er jetzt daran dachte, fiel ihm Venedigs Feindseligkeit den Fremden und neuen Herrschern gegenüber ein, eine Feindseligkeit, die hier auf der *Piazza* demonstriert wurde.

Die Venezianer besuchten »Florians« und boykottierten das »Quadris«, das von den Österreichern favorisiert wurde.

Spielte irgendwo eine österreichische Kapelle, so applaudierte ein Venezianer nie, und niemals schauten sie in die Richtung der Fahnenstange vor San Marco, die die österreichische Flagge mit dem Doppeladler trug.

Diese Haltung war es, so fand der Marquis, die Venedig so reizvoll machte wie ein trotziges Kind, das sich weiterhin auflehnt, ganz gleich, wie streng es auch bestraft worden ist.

Als die Sonne heller wurde und San Marco hinter der Flagge, die für die Venezianer eine beständige Erinnerung an ihre Schande darstellte, so stark funkelte, daß man fast davon geblendet wurde, spürte der Marquis plötzlich, daß jemand an seiner Seite stand.

Ohne auch nur den Kopf zu drehen vermutete er, daß es sich um einen Bettler handelte und machte bloß eine abwehrende Handbewegung.

Es war unmöglich, längere Zeit im »Florians« oder einem der anderen Cafés zu sitzen, ohne um Geld angebettelt zu werden, oder ohne etwas zum Kauf angeboten zu bekommen.

Das gehörte schon zur Tradition, und im »Florians« hatte auch Guardi versucht, seine Bilder zu verkaufen, ehe er berühmt geworden war.

Wer immer ihn auch belästigen wollte, ging jedoch nicht fort, und so wandte der Marquis langsam den Kopf und fragte sich, ob er eine kleine Münze in der Tasche hätte, um sich seinen Frieden zu erkaufen.

Erst jetzt sah er, daß es eine junge Frau war, die da neben ihm stand.

Sie war sehr zierlich, und er nahm an, daß sie tatsächlich eine Bettlerin war, bis sie zu seiner Überraschung auf Englisch fragte:

»Darf ich kurz mit Ihnen sprechen, Mylord?«

Ihre Stimme war leise und klang sehr gebildet, und der Marquis erkannte, daß sie, obwohl sie ein schwarzes Tuch über den Kopf gelegt hatte, dennoch keine Bettlerin war, wie er vermutet hatte.

Als er sie genauer betrachtete, fiel ihm auf, daß ihr Gesicht von zwei sehr großen Augen beherrscht wurde, die nicht, wie er aufgrund ihrer englischen Stimme angenommen hatte, blau waren, sondern von dem Grau der Tauben, die über die *Piazza* stolzierten.

»Sie sind Engländerin!« rief er überrascht aus.

»Ich bin Engländerin . . . Mylord, und als Engländerin . . . brauche ich Ihre Hilfe. Ich bin verzweifelt.«

Es gab keinen Zweifel daran, daß ihre Kleidung sehr ärmlich und wie der Marquis sah, unscheinbar war, aber ihre Stimme war zu kultiviert um jemand anderem als einer vornehmen Dame zu gehören.

Mit Mühe erhob er sich ein wenig von seinem Stuhl und forderte sie auf:

»Möchten Sie sich nicht setzen und mir erklären, wie ich Ihnen helfen kann?«

Noch als er das sagte, schoß ihm der Gedanke durch den Kopf, daß er einen Fehler machte. Zweifellos würde sie ihm eine steinerweichende Geschichte auftischen, und es wäre viel leichter gewesen, ihr Geld zu geben und sie dann fortzuschicken.

Aber als sie nun Platz nahm, da bemerkte er, wie makellos ihre Züge waren. Die kleine, gerade Nase konnte niemandem gehören, der nicht von vornehmer Geburt war.

Sie trug keine Handschuhe, was unkonventionell war, aber ihre langen, schmalen Hände waren, wie der Marquis augenblicklich mit seinem kritischen Auge für das Detail bemerkte, makellos sauber.

Sie schaute ihn nicht an, hatte sich stattdessen abgewandt, und er hatte den Eindruck, sie suchte nach Worten.

Das war nicht gerade die Haltung, die er bei einer Bettlerin erwartet hätte, und so sagte er in sanfterem Ton, als er für gewöhnlich angeschlagen haben würde:

»Ich warte darauf, daß Sie mir erzählen, wie ich Ihnen helfen könnte.«

Ganz unerwartet trat ein scheues Lächeln auf ihre Lippen.

»Ehrlich gesagt, Mylord, ich war so . . . sicher, daß Sie mir nicht zuhören würden, daß ich jetzt, wo Sie es doch tun, einfach . . . überwältigt bin.«

»Warum waren Sie so sicher, daß ich mich anders verhalten würde?« erkundigte sich der Marquis neugierig.

»Weil keiner der Herren, die ich bislang hier angesprochen habe, irgend etwas anderes getan hat als mich . . . fortzuschicken.«

Sie seufzte, ein kleiner Seufzer, der aus den tiefsten Tiefen ihres Wesens aufzusteigen schien. Dann fuhr sie fort:

»Ich bin sicher, daß es meine Schuld ist, und ich bin keine gute Verkäuferin. Genausowenig wie mein Vater . . . und das ist unser . . . Problem.«

Sie brach ab, und der Marquis meinte freundlich:

»Ich schlage vor, Sie erzählen alles von Anfang an. Es fällt mir etwas schwer, dem, was Sie bisher gesagt haben, zu folgen. Warum sind Sie in Venedig, wenn Sie doch Engländerin sind? Sind Sie eine Touristin, oder leben Sie hier?«

»Wir leben hier, Mylord, und mein Vater ist Maler.«

Der Marquis lächelte.

»Jetzt verstehe ich. Und Sie haben versucht, seine Bilder zu verkaufen.«

Wieder einmal die alte Geschichte, dachte er.

Maler, die von ihrer Kunst leben mußten, hatten es unweigerlich schwer, für ihre Werke einen Kunden zu finden.

Da Venedig an den Gemälden der größten Künstler der Welt fast erstickte, konnte sich der Marquis kaum vorstellen, daß es viele Käufer gab, die in den Cafés am Rande der *Piazza San Marco* saßen.

Als könnte sie seine Gedanken lesen, bemerkte die Frau an seiner Seite:

»Es ging uns gar nicht so schlecht, bis Papa krank geworden ist. Aber jetzt, wo er nicht mehr malen kann, muß ich eines seiner Bilder verkaufen . . . wenn wir nicht . . . verhungern wollen.«

Der Marquis musterte sie scharf, um festzustellen, ob sie übertrieb und ihm eine gute Geschichte auftischte, um ihm Geld zu entlocken.

Aber als er in ihre Augen blickte, sagte er sich, es wäre unmöglich für irgend jemanden zu lügen, ohne daß die sogenannten »Fenster zur Seele« es widerspiegelten.

Ihre Augen waren anders als alle anderen, die er je gesehen hatte, denn sie waren durchsichtig wie ein Strom.

Er hatte das Gefühl, in ihnen ihre Sorge zu lesen, er würde ihr vielleicht nicht zuhören, und ihre Angst, er könnte sie fortschicken.

Weil er sie irgendwie beruhigen wollte, fragte er jetzt:

»Ist Ihr Vater in England vielleicht besser bekannt als hier?«

»Ich bezweifle, daß Sie je von Papa gehört haben«, antwortete das Mädchen, »aber wenn Sie nur mitkommen würden, Mylord, um sich seine Gemälde anzusehen, dann würden Sie begreifen, daß er ein wirklicher Künstler ist, auch wenn er ganz anders malt, als es dem traditionellen Stil der Stadt entspricht.«

Der Marquis dachte ein wenig zynisch, daß er diese Art von Geschichte schon oft gehört hatte, und er überlegte gerade, was er erwidern sollte, als der Kellner an ihren Tisch trat.

»Kaffee für die *Signorina*?« fragte er.

»Ja, natürlich«, antwortete der Marquis auf Italienisch, und an das Mädchen neben sich gewandt fügte er hinzu: »Ich bin sicher, Sie hätten gern eine Tasse Kaffee, oder?«

Er meinte, ein plötzliches Leuchten in ihren Augen zu sehen, als sie erwiderte:

»Ich möchte Ihnen . . . nicht zur Last fallen, Mylord.«

»Ich kann es mir leisten«, bemerkte der Marquis mit einem schwachen Lächeln.

»Das . . . weiß ich.«

Es fiel ihm plötzlich auf, daß sie ihn als »Mylord« angeredet hatte. Er hatte es für die übliche Schmeichelei eines Bettlers gehalten, für den jeder englische Herr ein Lord war.

Als wüßte sie, was er dachte, erklärte sie jetzt:

»Als ich erfuhr, daß Sie . . . nach Venedig gekommen waren, habe ich mich gefragt, ob es wohl eine Möglichkeit für Papa geben würde, sich Ihnen . . . zu nähern und Sie zu bitten, sich seine . . . Gemälde anzusehen. Ich habe von Ihrer . . . Sammlung in England gehört, und Papa hat oft . . . von den Van Dycks gesprochen, die Sie in . . . Wynch in Buckinghamshire besitzen.«

Der Marquis blickte sie überrascht an, sagte aber nichts, und sie fuhr fort:

»Ich dachte, daß Sie deshalb verstehen würden . . . was andere Leute nicht verstehen, nämlich . . . was Papa zu tun versucht . . ., was er mit seinen Bildern . . . vermitteln möchte.«

Sie gestikulierte ein wenig mit beiden Händen, was irgendwie pathetisch wirkte. Dann sagte sie:

»Für mich sind sie sehr schön . . . aber sie sind unverkäuflich.«

»Und deshalb haben Sie jetzt kein Geld«, sagte der Marquis und hatte das Gefühl, es wäre eine ziemlich brutale Feststellung der Tatsachen.

»Papa ist krank«, wiederholte das Mädchen, »und wenn ich nicht ein wenig Geld auftreibe, wird er . . . mehr wegen Mangels an Nahrung als . . . aus irgendeinem anderen Grund . . . sterben.«

Sie sprach ganz schlicht, mit leiser Stimme, die, wie der Marquis wußte, auf eine eiserne Selbstbeherrschung zurückzuführen war.

Aber weil er ihr in die Augen sah, ahnte er auch, daß sie sich am liebsten ihm zu Füßen geworfen hätte, ihn angefleht hätte, sie zu retten.

Er war sich nicht sicher, wieso, und doch war ihm klar, daß sie wußte, daß dies die falsche Art war, ihn anzusprechen, und daß er ihr nur zuhören würde, wenn sie ihren Fall ruhig und leise vortrug.

»Wie heißen Sie?« erkundigte er sich.

»Lucia Beaumont«, antwortete sie. »Mein Vater malt unter seinem eigenen Namen, Bernard Beaumont.«

Der Marquis dachte insgeheim, daß der Name zu englisch klang, um die Art von Sammlern anzusprechen, die glaubte, ein Künstler aus dem Ausland müßte einen ausgefallenen Namen haben, um authentisch zu sein.

Als hätte sie seine Gedanken gelesen, sagte Lucia:

»Mama hat manchmal gesagt, daß Papa mehr Aufmerksamkeit auf sich ziehen würde, wenn er als Maler seine Bilder mit einem venezianischen oder italienischen Namen signieren würde. Aber er war zu stolz um . . . irgend etwas anderes sein zu wollen . . . als er selbst.«

Der Kellner brachte den Kaffee.

Lucia sah ihn an, und der Marquis hatte den Eindruck, daß sie sich – gerade weil sie es kaum abwarten konnte, ihn zu trinken – absichtlich zurückhielt. Sie legte kurz die Hände in den Schoß, ehe sie langsam und sehr graziös die Flüssigkeit aus der Kanne in die Tasse schenkte.

Dann, immer noch, als spielte sie eine Rolle, wandte sie sich ihm zu und lächelte.

»Vielen Dank, daß Sie mir . . . Kaffee spendieren. Es ist das erstemal, daß mir jemand . . . Kaffee angeboten hat, wenn ich hierher gekommen bin.«

Ihr Lächeln verblaßte, und der leichte Schauder verriet dem Marquis, daß sie stattdessen Unerfreuliches erlebt hatte, an das sie sich nicht erinnern wollte.

Als er ihr zuschaute, wie sie jetzt an ihrem Kaffee nippte, sagte er:

»Angenommen, Sie verkaufen eines der Bilder Ihres Vaters: Was werden Sie dann tun?«

»Ich werde alles versuchen, damit er wieder zu Kräften kommt«, antwortete Lucia, »und wenn wir genug Geld aufbringen können . . . nach England zurückkehren.«

Vor den letzten drei Worten machte sie eine kleine Pause, und der Marquis fragte:

»Möchten Sie das?«

»Ich glaube, wir müssen . . . auch wenn es schwer sein wird.«

»Warum schwer?«

Stille trat ein, und er wußte, daß sie überlegte, ob sie ihm die Wahrheit erzählen könnte.

»Es gibt Gründe, warum es vielleicht ein Fehler sein könnte«, sagte Lucia, »aber andererseits, wenn Papa irgend etwas zustoßen sollte . . . ich hätte schreckliche Angst . . . allein in diesem fremden Land.«

Die Art, wie sie das sagte, zeigte dem Marquis, daß es sich um eine ausgesprochen reale Angst handelte. Er versuchte, eine Frage zu formulieren, die nicht zu neugierig klingen würde, ihm aber gleichzeitig doch auch verraten würde, was er wissen wollte.

Als sie ihren Kaffee ausgetrunken hatte, sagte Lucia:

»Es scheint viel verlangt, Mylord . . . aber könnten Sie vielleicht kommen und sich Papas Bilder ansehen? Es ist nicht weit von hier, und wenn Sie es vielleicht auch für unverschämt halten, Sie darum zu bitten, so sind sie doch zu groß, als daß ich sie hierher bringen könnte . . . und außerdem würde das viel Gerede geben.«

Erneut standen Angst und Sorge in ihren Augen, und dem Marquis schoß der Gedanke durch den Kopf, daß es viel einfacher wäre, ihr etwas Geld zu geben, damit sie ging.

Er war ziemlich sicher, daß fünf Pfund oder sogar weniger in venezianischer Währung sie und ihren Vater mindestens eine Woche vor dem Hungertod bewahren würden.

Doch dann überwog seine Neugier. Es wäre ärgerlich, das Ende der Geschichte nicht zu kennen.

Vielleicht war sie nur eine Betrügerin, eine Bettlerin, die sich diese herzzereißende Geschichte ausgedacht hatte, um einem Mann Geld aus der Tasche zu ziehen.

Vielleicht war sie wie bei anderen Bettlern nur ein Köder,

ein Lockvogel für jene, deren Hirn sich hinter dem Plan verbarg.

Doch der Marquis sagte sich, daß er nicht so leicht zu täuschen wäre.

Er hatte es in der Armee mit vielen Menschen zu tun gehabt, und er hatte immer gewußt, wenn sie ihn belogen.

Auf seinen Ländereien beschäftigte er ebenfalls eine Vielzahl von Leuten, und er verließ sich grundsätzlich auf seinen Instinkt, wenn es um sie ging, und nicht auf das, was ihm über sie erzählt wurde.

In diesem Fall nun war er sicher, daß Lucia sich nicht verstellte und ihm nichts vorspielte, nur, um ihn zu beeindrukken, sondern die Wahrheit sagte.

Er blickte nach unten, sah, daß sie die Hände im Schoß so krampfhaft verschränkt hatte, daß ihre Finger weiß wurden.

Er wußte, daß sie jetzt, nachdem sie so weit gekommen war, Angst hatte, er könnte sich abwenden und wollte nichts weiter mit ihr zu tun haben.

Der Marquis zog ein wenig Geld aus der Tasche und legte es auf den Tisch. Dann stand er langsam auf.

»Können wir zu Fuß dorthin gehen, wo Sie wohnen?« fragte er. »Oder wäre es besser, eine Gondel zu nehmen?«

Als er das Leuchten in ihre Augen treten sah, hatte er den Eindruck, es würde den Sonnenschein auslöschen.

»Sie . . . kommen? Sie . . . kommen wirklich mit?«

»Darum haben Sie mich doch gebeten.«

Sie stieß einen Seufzer aus, der aus tiefstem Herzen zu kommen schien.

»Wie können Sie nur so freundlich sein? Und so ganz anders, als ich erwartet habe?«

Der Marquis zog die Brauen hoch.

»Was haben Sie denn erwartet?«

»Daß Sie viel zu groß und wichtig wären, um sich mit . . . Bettlern . . . oder mittellosen . . . Malern abzugeben.«

»Aber Sie wußten doch, daß ich mich für Bilder interessiere?«

Sie schwieg einen Moment. Dann, weil sie merkte, daß er auf ihre Antwort wartete, sagte sie mit zitternder, leiser Stimme:

»Bilder haben für . . . verschiedene Menschen . . . verschiedene Bedeutung.«

»Ich verstehe, was Sie sagen wollen«, stimmte der Marquis zu. »Und weil das unbestreitbar wahr ist, bin ich neugierig zu sehen, wie Ihr Vater malt.«

Mit diesen Worten machte er die ersten Schritte von dem Café fort in Richtung Markusdom, und als sie neben ihm einherschritt, fragte er sich, woher er gewußt hatte, daß sie nicht in der Gegend lebte, aus der er gekommen war.

Als sie dann über die *Piazza* gingen, wo die Tauben vor ihnen herflatterten, hatte der Marquis das Gefühl, daß sie ihn führten.

Obwohl sein logischer Verstand ihm sagte, daß das unmöglich war, wußte er doch, daß er kurz davor stand, etwas neues zu entdecken.

2

Der Marquis ging mit Lucia durch eine schmale Straße von der Ecke des *San Marco* aus, dann in eine viel schmalere *callete*, deren hohe Häuser zu beiden Seiten in einem entsetzlich verfallenen Zustand waren.

Es war genau, wie der Marquis es erwartet hatte.

Im selben Augenblick jedoch schoß ihm auch der Gedanke durch den Kopf, daß er niemandem außer sich selbst einen Vorwurf machen könnte, wenn er jetzt in eine Falle stolperte, wo man ihn ausrauben und zweifellos bewußtlos schlagen würde.

Doch schon führte Lucia ihn durch eine hohe Flügeltür an einem Gebäude aus dem 17. Jahrhundert. Der Marquis nahm an, daß es einst einem Adligen gehört hatte.

Eine lange Steintreppe wand sich nach oben. Die Stufen selbst schienen rissig und brüchig zu sein.

Als sie höher und höher hinaufstiegen, war der Marquis froh darüber, daß er eine so gute, athletische Kondition hatte.

Ihm fiel auf, daß es Lucia nichts auszumachen schien, wie hoch und steil die Treppe war, und schweigend stiegen sie Seite an Seite weiter, bis sie im obersten Stock angelangten.

Durch ein kleines Fenster erhaschte der Marquis von hier oben einen prachtvollen Blick über die Dächer der Stadt.

Lucia öffnete eine kleine Tür. Der Marquis erkannte, daß er sich im Speicher eines ehemaligen *Palazzos* befand. Er mußte den Kopf einziehen, um einzutreten.

Dann stand er in einem großen Speicherraum, der von dem Maler ausgewählt worden sein mußte, weil er ein Oberlicht hatte.

Und dann sah er nur noch das niedrige Bett am anderen Ende des Raumes, in dem ein Mann lag.

Lucia war mit einem kleinen Ausruf zu ihm gestürzt, und jetzt, als sie neben ihrem Vater kniete, hörte der Marquis sie sagen:

»Papa! Papa! Wach auf! Ich habe den Marquis of Wynchcombe mitgebracht!«

Einen Moment erhielt sie keine Antwort, und der Marquis fragte sich, ob Lucias Vater vielleicht schon tot sei.

Doch als er ebenfalls neben das Bett trat, sah er, daß der Mann einmal sehr gut ausgesehen haben mußte, jetzt aber durch Krankheit oder Hunger so eingefallen war, daß kaum mehr als ein Skelett von dem übrigblieb, was er hätte sein sollen.

Dennoch zeichneten ihn die hohe Stirn, das ergrauende Haar und die helle, fast zarte Haut als Engländer von hoher Geburt aus.

Ganz langsam, während der Marquis und Lucia warteten, öffnete Bernard Beaumont die Augen.

Sie lagen in tiefen Höhlen, und die Falten darunter waren das Ergebnis von Schmerz und Entbehrung.

Aber ein leichtes Lächeln lag dennoch auf seinen bleichen Lippen, als er leise hervorbrachte:

»Das ist sehr – freundlich von – Eurer Lordschaft.«

»Es tut mir leid, daß Sie so krank sind«, meinte der Marquis, »aber Ihre Tochter hat mir erzählt, Sie hätten einige Bilder zu verkaufen.«

»Ich – hoffe – es sind noch – welche übrig.«

Als wäre die Anstrengung zu groß für ihn gewesen, schloß Bernard Beaumont die Augen, und Lucia erhob sich.

»Er ist sehr schwach«, sagte sie leise zum Marquis, »aber ich bin froh, daß er Sie erkannt hat.«

Sie trat vom Bett zurück, und erst jetzt schaute sich der Marquis im Speicher um.

Er enthielt nur wenig, abgesehen von der Staffelei des Malers, einem Tisch in der Mitte des Raumes und zwei Stühlen, die von einem Stück Schnur notdürftig zusammengehalten wurden.

In einer Ecke des Raumes befand sich ein provisorischer Wandschirm. Der Marquis war sicher, daß sich dahinter ein Sofa oder ein Bett verbarg, auf dem Lucia schlief.

Lucia trat an die Wand neben dem Schirm und lenkte dadurch seine Aufmerksamkeit auf ein paar Leinwände, die dort gestapelt waren.

Als spürte sie, daß der Marquis sich über diesen Platz wunderte, erklärte sie:

»Ich hatte Angst, sie könnten im Sonnenlicht verblassen. Es kann hier um die Mittagszeit sehr grell und heiß sein.«

Sie trug eines der größeren Gemälde zum Marquis hinüber, drehte es um und hob es auf die leere Staffelei hinauf.

Der Marquis warf einen Blick darauf in der Hoffnung, keine der üblichen, amateurhaften Darstellungen von Venedig zu finden, gleichgültig und in grellen Farben gemalt.

Andererseits könnte es auch noch schlimmer sein, dann nämlich, wenn es sich um eine armselige Kopie eines der großen Gemälde von Canaletto, Guardi oder Piazzetta handelte, die mehr als tausendmal kopiert worden waren.

Doch statt dessen starrte er auf etwas so Ungewöhnliches und Einmaliges, daß er einen Moment lang nicht glauben konnte, was er sah.

Wortlos holte Lucia ein weiteres Bild von dem Stapel an der Wand und lehnte es an die Füße der Staffelei, dann noch zwei, die sie auf die Stühle stellte, und schließlich die beiden letzten, die sie an die Tischbeine lehnte.

Der Marquis schwieg.

Er schaute nur vom ersten Bild zum nächsten, und dann weiter zu den anderen, die sie gebracht hatte.

Obwohl sie ganz anders waren als alles, was er je zuvor gesehen hatte, wußte er sofort, daß das, was er hier vor Augen hatte, revolutionär war.

Die Bilder waren so anders als der traditionelle Stil venezianischer Künstler, daß er verstehen konnte, daß sie in Venedig noch mehr als anderswo, unverkäuflich waren.

Langsam, während sein Blick von einem zum anderen wanderte, begriff er, daß Beaumont festgehalten hatte, was er fühlte, nicht, was er sah.

Es war ihm, vielleicht sogar besser als Turner, gelungen, die Transparenz und Leuchtkraft des Lichtes festzuhalten, das so charakteristisch für Venedig war, und gleichzeitig einen Eindruck des Lebens zu vermitteln, was andere Künstler zwar auch versucht hatten, was ihnen aber nie gelungen war.

Weil es so ungewöhnlich war, bezweifelte der Marquis einen Augenblick lang sogar seine eigene Fähigkeit, es zu kritisieren.

Doch als er sich dann langsam der Reihe nach vor jedes einzelne der Gemälde stellte, erkannte er, daß Beaumont ein Genie war.

Doch weil er seiner Zeit so weit voraus war, war es sogar für diejenigen, die sich selbst für Autoritäten auf dem Gebiet der Kunst hielten, schwierig, wenn nicht gar unmöglich, das zu erkennen.

Nur weil er selbst irgendwie auf die Gemälde eingestimmt war, weil er verstand, was Beaumont auszudrücken versuchte, konnte der Marquis begreifen, wie bemerkenswert diese Bilder waren.

Sein Instinkt war es, der ihm sagte, daß diese Bilder eines Tages hoch gelobt werden würden.

Aber sein logischer Verstand sagte ihm auch, daß man gegenwärtig über Beaumont entweder lachen, die Stirn runzeln oder, was noch schlimmer war, ihn ignorieren würde.

Der Marquis konzentrierte sich so intensiv auf das, was er sah, bemühte sich so sehr, die Kunstfertigkeit und Subtilität von Beaumonts Werken zu erfassen, daß er einen Augenblick lang ganz vergessen hatte, daß Lucia neben ihm stand.

So, wie er meinte, daß die Bilder zu ihm sprachen und eine sonderbare Reaktion in ihm selbst hervorriefen, so hatte er das Gefühl, daß es mit ihr dasselbe war.

Ohne sie auch nur anzusehen konnte er fühlen, wie angespannt sie war und daß sie ihn mit ihrem ganzen Willen zu beeinflussen suchte, damit er guthieß, was er vor sich sah.

Er glaubte auch, daß sie betete, und wieder, obwohl sie ganz still war, waren ihre Finger verschränkt und die Knöchel traten weiß hervor.

Dann schaute der Marquis in ihr Gesicht und sah ihre Augen, grau mit goldenen Lichtern, die ihn wortlos anflehten, doch zu verstehen.

Und ohne daß man es ihm hätte sagen müssen, wußte er, daß sie ihn in diesem Augenblick nicht um Geld bat.

Sie wollte, daß er als anerkannter Kunstkenner und Sammler verstand, was ihr Vater versucht hatte, auf die Leinwand zu bannen.

Der Marquis sah auf sie herab. Dann fragte er:

»Sind das alle Bilder Ihres Vaters?«

Sie wandte sich ab, und er bemerkte, wie eine leichte Röte ihre bleiche Haut überzog.

»Es gab noch . . . andere.«

»Was ist aus ihnen geworden? Haben Sie sie verkauft?«

Wieder zögerte sie, ehe sie antwortete:

»Ein Händler hat eines genommen . . . aber er meinte,

er . . . könnte es wohl kaum verkaufen. Zwei andere habe ich . . . im Tausch gegen Lebensmittel fortgegeben, eines . . . an einen Fleischer, das andere an ein . . . kleines Café, wo man mir am Abend . . . das alte Brot überlassen hat.«

Der Marquis blieb stumm, und sie fuhr fort:

»Ge . . . gefallen sie . . . Ihnen?«

Es war eine einfache Frage, und er wußte, daß sie seine Antwort fast ebenso erwartete, wie sie einen Schlag erwarten würde.

»Ich glaube, es interessiert Sie weit mehr, ob ich sie kaufe«, erwiderte der Marquis leise.

»Und . . . würden Sie das tun?«

Er wandte sich um, sah sie wieder an, dachte dabei, daß die Sorge in ihren Augen so intensiv war, daß es schon fast peinlich war.

Dann antwortete er ruhig:

»Ich werde diese kaufen und alle anderen, die Sie bis jetzt veräußert haben!«

Einen Moment lang schien es, als hätte Lucia nicht verstanden, was er sagte.

Dann veränderten sich ihre Augen, der Schmerz darin wandelte sich in ein Licht, das Teil der Gemälde selbst zu sein schien.

Es verband sich mit dem Sonnenschein zu einem blendenden Strahl, schien zu tanzen und zu funkeln wie auf Wasser, überdeckte die schäbige Ärmlichkeit des Speichers.

»Sie wollen . . . sie . . . kaufen!«

Sie wiederholte die Worte, als müßte sie sich selbst beruhigen.

»Ihr Vater ist zweifellos ein Genie«, sagte der Marquis, »aber es wird noch Jahre dauern, bis die Menschen das erkennen. Er ist seiner Zeit um vieles voraus.«

Lucia holte tief Luft und hauchte dann kaum hörbar:

»Wieso . . . können Sie . . . das verstehen? Wie können . . . Sie etwas . . . so Wunderbares . . . sagen?«

Der Marquis sah die Tränen, die ihr in die Augen traten, wodurch sie noch größer und leuchtender wirkten, als sie ohnehin schon waren.

Flink wie ein Vogel im Flug wirbelte sie dann herum und lief zum Bett ihres Vaters hinüber, warf sich neben ihm auf die Knie.

»Papa! Hör zu, Papa . . . der Marquis wird . . . deine Bilder . . . kaufen! Sie gefallen ihm . . . er findet, du bist . . . ein Genie!«

Ganz langsam öffnete Bernard Beaumont die Augen.

»Du hast . . . die Bilder – verkauft?« wisperte er.

»Alle, Papa! Alle, die wir . . . hierhaben.«

»Du bist – ein kluges – Mädchen, Lucia!« Ihr Vater schloß wieder die Augen.

Der Marquis hatte sich wieder den Gemälden zugewandt.

Es erschien ihm ungewöhnlich, daß niemand zuvor daran gedacht hatte, diese bestimmte Technik anzuwenden, wenn es darum ging, Venedig im Bild festzuhalten.

Und doch, als er es jetzt sah, erschien es ihm die einzige Möglichkeit, etwas so Schönes auf der Leinwand einzufangen, etwas so Traumhaftes, kaum Greifbares.

Beaumont war es gelungen, das Wasser in den Kanälen lebendig aussehen zu lassen, was anderen nie geglückt war.

Auch die Paläste strahlten Leben aus und nicht nur die bloße Perfektion der Architektur. Er hatte sie gemalt, als die Sonne die alten Steine wärmte, und bei ihm schien selbst das Dunkel der Tür und der Fenster zu leben.

Alles, was Bernard Beaumont berührt hatte, schien nicht nur zu leuchten, sondern zu atmen, fand der Marquis, und auf eine gewisse, besondere Art ließen einen diese Bilder nicht nur an die Vergangenheit, sondern auch an die Zukunft denken.

Er spürte, daß Lucia neben ihm stand, und sagte:

»Zuerst einmal muß Ihr Vater wieder gesund werden, dann werden wir ihn nach England zurückbringen. Ich möchte, daß er meinen Landsitz malt.«

Er sah die Erregung in ihrem Gesicht und wußte, daß sie im Augenblick keine Worte fand, um ihm zu antworten.

So sagte er:

»Aber vor allem anderen brauchen Sie beide erst einmal etwas zu essen. Wenn ich Ihnen jetzt Geld gebe, kann dann irgend jemand etwas für Sie kaufen?«

»Ich werde gehen«, erklärte Lucia hastig.

»Allein?«

Seine Stimme verriet ihr, daß er mehr fragte, als dieses eine Wort annehmen ließ.

Sie warf einen Blick aus dem Fenster, als könnte ihr der Stand der Sonne die Uhrzeit verraten.

»Für gewöhnlich gehe ich jetzt, da Papa krank ist . . . sehr früh . . . am Morgen. Deshalb habe ich auch . . . Sie gesehen.«

Der Marquis verstand nur zu gut, daß eine so junge und attraktive Frau wie Lucia, wenn sie später am Tag allein unterwegs war, von Männern verfolgt und angepöbelt werden würde.

Er fand, es zeugte von ihrer Intelligenz, daß sie so früh gegangen war, wenn scheinbar niemand sonst unterwegs war.

»Bleiben Sie hier«, forderte er sie auf, und es war ein Befehl. »Ich werde alles schicken, was Sie für heute benötigen. Morgen dann, wenn es ihm gut genug geht, sollten Sie Ihren Vater in eine bessere Umgebung bringen.«

Er sah einen Ausdruck von Furcht in ihren grauen Augen und wußte, daß sie Angst davor hatte, nach einer anderen Unterkunft zu suchen. Man könnte sie falsch verstehen, wenn sie sich als Frau allein auf die Suche machen würde.

Er gestand sich ein, daß er einen Fehler gemacht hatte, und erklärte hastig:

»Überlassen Sie nur alles mir. Ich werde die notwendigen Vorkehrungen für Sie treffen. Hier ist erst einmal etwas Geld für das Allernötigste. Die Summe, die ich für die Gemälde bezahle, wäre wohl am besten auf einer Bank aufgehoben.

Alles Geld, das er bei sich hatte, legte er auf den Tisch.

Es war nicht viel, und doch wußte er, daß es Lucia wie ein Vermögen erscheinen mußte.

Er sah, wie sie es anstarrte, als könnte sie nicht glauben, daß es echt wäre, sondern erwartete, daß es gleich wieder verschwinden würde, wie Feengold.

»Sobald ich in meinen *Palazzo* zurückgekehrt bin, lasse ich Ihnen Essen bringen und schicke auch jemanden, der die Bilder abholt. Außerdem werde ich einen Arzt kommen lassen, der Ihren Vater untersuchen wird.«

Lucia blieb einen Moment lang stumm, ehe sie sagte:

»Die . . . Ärzte in Venedig sind . . . nicht sehr gut. Ich glaube, wenn sie etwas mehr . . . Erfahrung gehabt hätten, dann . . . hätten sie Mamas Tod verhindern können. Ich bin . . . sicher, daß Papa nur . . . etwas zu Essen braucht . . . und Hoffnung . . ., und wenn Sie ihm das geben, dann . . . wird er überleben.«

Der Marquis lächelte.

»Vielleicht haben Sie recht. Vergessen wir also den Doktor, außer Sie möchten, daß ich einen für Sie rufe. Bis dahin passen Sie gut auf sich auf, und spazieren Sie nicht allein auf den Straßen herum.«

»Ich werde . . . bei Papa . . . bleiben«, versprach Lucia. »Und Gott für Ihre . . . Freundlichkeit danken. Ich habe keine andere Möglichkeit, Ihnen . . . zu sagen, wie dankbar . . . ich bin.«

Der Marquis lächelte ihr zu. Er fand die Dankbarkeit in ihrer Stimme rührend und war tief bewegt, weil das Glück, das er ihr geschenkt hatte, ihre Augen leuchten ließ, wie er es nie zuvor bei einer Frau gesehen hatte.

Als müßte er sich vergewissern, daß sie echt waren, betrachtete er noch einmal die Bilder und sah dasselbe Leuchten in ihnen.

So brillant war dieses Leuchten, daß es fast schien, als verfügten die Farben selbst über eine magische Kraft, nicht der Maler.

Er öffnete die Tür, neigte vorsichtig den Kopf und ging.

Als er sich dem Schmutz und Verfall dieses einstmals vornehmen Treppenhauses gegenübersah, dachte er, wie widersinnig es doch war, daß er ausgerechnet hier, versteckt auf dem Speicher eines Hauses, einen Maler gefunden hatte, dessen Werk zweifellos in die Zukunft wies.

Er wußte, daß Lucia ihn beobachtete, als er langsam die Steinstufen hinabschritt, vorsichtig die abgebrochenen Kanten meidend und ein wenig zaghaft auftretend, wenn eine Stufe Risse aufwies.

Erst als er unten ankam und die Tür erreichte, die auf die Straße hinausführte, schaute er empor.

Er konnte ihr Gesicht sehen, fast so, als schwebte sie über ihm am Himmel.

Es schoß ihm durch den Kopf, daß sie ein Engel oder eine Göttin auf einem der prachtvollen Deckengemälde im Dogenpalast sein könnte.

Doch als sie dann zum Abschied die Hand hob, war ihm bewußt, daß sie ein Mensch war und doch so unwirklich und durchscheinend wie die Gemälde ihres Vaters.

Als er in einer Gondel über den Canale Grande zu seinem *Palazzo* zurückfuhr, hatte der Marquis das Gefühl, alles, was soeben geschehen war, wäre nur Teil eines Traumes gewesen, oder er hätte es sich eingebildet.

Wie konnte er ahnen, als er Francesca schlafend in seinem Bett zurückließ, daß er ein so merkwürdiges Abenteuer erleben würde, das ihm rückblickend unglaublich erschien?

Unglaublich, daß er in Venedig, der Stadt, in der sich Künstler aller Art und jeder Nationalität drängten, einen Engländer finden konnte, der auf eine so sonderbare und originelle Weise malte, daß der Marquis bereits an seinem eigenen Urteil über ihn zweifelte.

»Es ist phantastisch!« sagte er sich erneut. »Der Mann ist ein großer Künstler, wenn ich auch glaube, daß es nur wenige Menschen gibt, die ihm und seinen Werken gegenüber dasselbe empfinden wie ich.«

Er war sicher, daß die sechs Bilder, die er gekauft hatte, eine große Zahl der Leute verwirren würde, denen er sie zu zeigen beabsichtigte. Zweifellos würden sie einen Streit hervorrufen, bis man anerkennen mußte, daß er mit seiner Meinung über das Werk dieses Mannes recht gehabt hatte.

Es war nicht schwer zu sehen, daß sich die Mode auf dem Gebiet der Kunst ständig änderte.

Zu Beginn dieses Jahrhunderts hatte man den Prinzen von Wales ausgelacht und für einen Narren gehalten, weil er niederländische Gemälde gekauft hatte, die seit Jahren außer Mode geraten waren.

Und jetzt? Schon lagen die Museen und Galerien im Wettstreit, um ihren Sammlungen niederländische Meister hinzuzufügen, und der König triumphierte über jene, die ihn kritisiert hatten.

»Ich werde in dieselbe Kategorie aufgenommen werden«, sagte sich der Marquis.

Dennoch hatte er das Gefühl, daß es noch Jahre dauern würde, bis Beaumonts besonderer Stil anerkannt – und dann auch kopiert – werden würde.

»Dann kann ich über diejenigen lachen, die jetzt zweifellos erklären werden, ich hätte mein Geld zum Fenster hinausgeworfen«, dachte sich der Marquis zufrieden.

Als die Gondel, die er gemietet hatte, vor dem *Palazzo* anlegte, kam einer seiner Diener herbeigelaufen, um ihm hinauszuhelfen.

Mit einem Eifer, der ungewöhnlich war, sprang er aus der Gondel mit dem Gefühl, eine Menge zu tun zu haben.

Er eilte die lange Treppe hinauf, die ihn zum Haupttrakt des Gebäudes führte, in dem sich die Empfangsräume und sein Schlafgemach befanden.

Er nahm an, daß Francesca inzwischen in ihr eigenes Zimmer zurückgekehrt war, aber er ging kein Risiko ein.

Er begab sich direkt ins Speisezimmer, wo – wie er wußte – sein Frühstück auf ihn warten würde.

Ehe er sich zu Tisch setzte, sandte er einen Diener nach Mr.

Johnson, seinem Sekretär. Als dieser wenige Minuten später eintraf, gab er ihm genaue Anweisungen.

»Sie verstehen«, schloß der Marquis, »ich möchte, daß das Essen mit größtmöglicher Geschwindigkeit dorthin gebracht wird. Es bleibt keine Zeit, daß der Koch etwas Besonderes zubereitet. Das kann er später tun. Sagen Sie ihm, er soll die Suppe heißmachen und sie liefern lassen. Wenn das geschehen ist, werde ich ihm weitere Anweisungen erteilen.«

»Sehr wohl, Mylord.«

»Augustino soll das Essen hinbringen, und sagen Sie ihm, er soll alles kaufen, was Miss Beaumont ihm aufträgt«, fuhr der Marquis fort. »Und dann versuchen Sie, eine Unterkunft mit Atelier in einem besseren Teil der Stadt für sie zu finden.«

Er wußte, daß sein Sekretär erstaunt, aber zu gut ausgebildet war, um Fragen zu stellen, und der Marquis sagte:

»Da Mr. Beaumont krank ist, wird er einen Diener brauchen, der für ihn sorgt. Also stellen Sie vorübergehend einen von hier ab – einen Mann, dem Sie vertrauen können, und der versteht, was von ihm erwartet wird.«

»Sehr wohl, Mylord.«

Der Sekretär des Marquis' fand, daß er im Laufe der Jahre, die er diesem Herrn gedient hatte, schon viele merkwürdige Anweisungen erhalten hatte, aber diese waren gewiß ungewöhnlich.

»Wenn die Bilder kommen, möchte ich, daß sie in der Bibliothek aufgehängt werden«, fuhr der Marquis fort, als hätte er seinen eigenen Gedanken nachgehangen.

»Das würde aber bedeuten, daß die Bilder, die bereits dort hängen, entfernt werden müssen, Mylord.«

»Das ist mir klar«, entgegnete der Marquis in scharfem Ton. »Lassen Sie sie sorgfältig irgendwo unterbringen, wo sie nicht beschädigt werden. Ich möchte die Bilder, die ich gekauft habe, an der Wand sehen, denn ich bin überzeugt, daß das der beste Platz für sie ist.«

Mr. Johnson notierte sich, was man ihm aufgetragen hatte, und wandte sich dann in der Annahme, daß es keine weiteren

Anweisungen für ihn gab, der Tür zu. Aber der Marquis fügte noch hinzu:

»Sagen Sie Augustino, er möchte Miss Beaumont ausrichten, daß ich sie heute nachmittag besuchen werde. Außerdem soll er von ihr die Adressen in Erfahrung bringen, wohin die anderen Gemälde ihres Vaters verkauft worden sind, und dann soll er sie zurückkaufen.«

»Welchen Preis soll er dafür bezahlen, Mylord?«

»Was immer verlangt wird. Er soll sie auf jeden Fall erwerben.«

Wieder war Mr. Johnson überrascht.

In der ganzen Zeit, die er beim Marquis verbracht hatte, hatte er herausgefunden, daß der Marquis zwar sehr großzügig sein konnte, wenn er wollte, daß er es aber verabscheute, wenn irgend jemand versuchte, ihn auszunutzen.

Galeristen, Weinhändler oder irgend jemand sonst, Menschen jedenfalls, die versucht hatten, ihre Preise in die Höhe zu schrauben, weil sie wußten, daß er es sich leisten konnte, wurden schnell ihrer Illusionen beraubt.

Der Marquis bezahlte, was angemessen war, und nicht einen Pfennig mehr, und heute war es das erstemal, daß er Mr. Johnson oder irgend jemandem sonst *carte blanche* gab, um etwas zu erstehen, das er haben wollte.

Offensichtlich gab es im Augenblick keine weiteren Anweisungen, und als der Marquis sein Frühstück fortsetzte, ließ Mr. Johnson ihn allein.

Als der Marquis schließlich das Speisezimmer verließ, war es viel später am Morgen als für gewöhnlich.

So war er nicht sonderlich überrascht, als er auf den Raum zuging, in dem die Bilder aufgehängt werden sollten und hinter sich das Geräusch von zwei zierlichen Füßen hörte.

Er wandte sich um und wartete auf Francesca.

Sie war vollkommen angezogen und sah bezaubernd aus. Das dunkle Haar, das – wie er wußte – bereits von den geschickten Händen eines Friseurs arrangiert worden war,

war unter einem modischen, mit smaragdgrünen Federn geschmückten Hütchen verschwunden.

In ihren kleinen Ohren funkelten Smaragde, und dem Marquis fiel ein, daß er ihr eine Kette versprochen hatte, die zu den Ohrringen passen würde.

Er war jedoch überzeugt, daß sie schon mit einem Juwelier gesprochen und ihm mitgeteilt hatte, daß er ihn später am Tag aufsuchen würde.

Ihre dunklen Augen unter den getuschten Wimpern strahlten, und ihre roten Lippen, die immer bereit zu sein schienen, Küsse zu empfangen, lächelten ihm provozierend zu.

»Wie konntest du mich nur allein aufwachen lassen?« fragte sie auf eine Art und Weise, die gleichzeitig Vorwurf und Kompliment war.

»Du hast so tief geschlafen«, erklärte der Marquis.

»Ich habe dich vermißt«, sagte Francesca. »Aber im Moment kann ich dir nicht zeigen, wie sehr, weil ich eine Probe habe. Aber heute abend werde ich besser als jemals zuvor singen, weil du mich so glücklich gemacht hast.«

»Und ich muß natürlich sagen, daß das unmöglich ist«, erwiderte der Marquis ein wenig ironisch.

Francesca legte ihre Hand kurz an seine Wange.

»Wenn ich dir sage, daß ich nur für dich singen werde, dann ist das ein Geschenk. Und ein anderes Geschenk wartet später am Abend auf dich.«

Es bestand kein Zweifel, worauf sie anspielte, und die Augen des Marquis blickten leicht zynisch, als er ihre Hand an seine Lippen zog.

Er kannte weibliche Listen nur zu gut und wußte, wenn eine Frau etwas gab, dann erwartete sie auch zu nehmen, und wenn er schon an das Smaragdcollier dachte, dann tat Francesca es erst recht.

»Bis heute abend«, hauchte sie sanft.

Sie wandte sich um, überzeugt und zuversichtlich, daß er ihr nachsehen würde, wie sie langsam den langen Gang entlangschritt bis zu der Treppe am anderen Ende.

Er sah ihr nach, wie es von ihm erwartet wurde.

Der Schwung ihres modernen und sehr teuren Kleides ließ ihn plötzlich daran denken, daß Lucias Füße, als sie in ihrem unmodernen und unscheinbaren Kleid neben ihm hergegangen war, kaum den Boden berührt zu haben schienen.

Und als sie die lange Treppe zum Speicher erklommen hatten, schien sie emporzuschweben, als hätte sie Schwingen an den Füßen.

Ein Grund dafür war sicherlich, daß sie so aufgeregt gewesen war, weil er eingewilligt hatte, sie zu begleiten.

Aber ein anderer war, daß sie so leicht war, weil sie nicht genug gegessen hatte, daß ihm der poetische Gedanke kam, sie könnte auf einem Rosenblatt stehen, ohne es zu verletzen.

Als Francesca seinen Blicken entschwunden war, ließ der Marquis den Koch rufen und überlegte, was am besten geeignet wäre, um einem Mann, der am Verhungern war, neue Kraft zu geben.

»Was kann ihn nur in einen solchen Zustand gebracht haben?« überlegte er.

Der Marquis war ausgesprochen neugierig, was Beaumont betraf, und wollte gern wissen, wie er dazu gekommen war, auf diese ungewöhnliche Art zu malen.

Der Marquis ertappte sich dabei, daß er den ganzen Morgen über an den Künstler und seine Tochter dachte.

Als er kurz vor dem Mittagessen erfuhr, daß Augustino mit den Bildern zurück war, begab er sich höchstpersönlich – was ungewöhnlich für ihn war – zum Eingang, um zuzusehen, wie sie aus der Gondel gehoben wurden.

Nachdem sie in den Leinenhüllen, die Mr. Johnson vorsichtshalber besorgt hatte, nach oben getragen worden waren, verspürte der Marquis plötzlich, als die Männer anfingen, auszupacken, Furcht, er könnte sich geirrt haben.

Wenn nun das Licht auf dem Speicher – oder auch Lucia selbst – ihn veranlaßt hatten, ein falsches Urteil zu fällen, und er die Bilder in einer Perspektive gesehen hatte, die nicht der Wahrheit entsprach?

Vielleicht waren sie doch nur wertloses Zeug, Produkt eines Mannes, der nicht in der Lage war, die Architektur Venedigs adäquat wiederzugeben, und der deshalb darauf verfallen war, das Licht zu malen und nicht das, was greifbar war.

Doch als Mr. Johnson dann das erste Bild aus seiner Hülle zog und hochhob, wußte der Marquis, daß sein Instinkt ihn nicht getrogen hatte.

Die Bilder waren phantastisch.

Es gab kein anderes Wort dafür, und wenn er auch wußte, daß ihm nur wenige Menschen zustimmen würden, so war er doch überzeugt, daß er durch eine Fügung des Schicksals einen neuen Stern am Kunsthimmel entdeckt hatte.

Erst nachdem er Anweisung erteilt hatte, wo genau jedes Bild aufgehängt werden sollte und welche der Gemälde, die dem Besitzer des *Palazzos* gehörten, von ihren angestammten Plätzen weichen mußten, erinnerte Mr. Johnson den Marquis daran, daß er zum Essen verabredet war.

»Der Graf erwartet Eure Lordschaft«, sagte er, »und er wäre zweifellos außerordentlich enttäuscht, wenn Sie nicht kommen würden.«

»Das hatte ich ganz vergessen«, murmelte der Marquis.

Nach einem Blick auf die Uhr meinte er seufzend:

»Ich gehe dann wohl besser. Lassen Sie die Bilder genau dort aufhängen, wo ich es gesagt habe, Johnson. Wenn ich wiederkomme lasse ich Sie wissen, was ich dafür zu zahlen gedenke und auch, wo das Geld deponiert werden soll.«

Er wartete Johnsons Antwort nicht ab, sondern ging in sein Schlafzimmer, um seine Jacke gegen eine elegantere einzutauschen, die von Weston angefertigt worden war, einem Schneider, der in der Gunst des Königs stand.

»Eure Lordschaft haben sich heute morgen ohne meine Hilfe angekleidet«, beschwerte sich sein Kammerdiener.

Der Marquis wußte, daß Evans, der schon viele Jahre lang bei ihm war, ausgesprochen eifersüchtig war, wenn man ihn übersah oder wenn er feststellen mußte, daß sein Herr ohne ihn zurechtkam.

»Ich hatte es eilig, an die frische Luft zu kommen«, erklärte der Marquis.

»Was Eure Lordschaft vermissen sind die Ausritte«, bemerkte Evans im Ton eines Kindermädchens, das sich an ein ungezogenes Kind wendet. »Ich glaube, Eure Lordschaft können an einem Ort ohne Pferde gar nicht glücklich sein.«

»Da haben Sie recht«, erwiderte der Marquis.

»Wenn Eure Lordschaft mich fragen, je schneller wir nach England zurückkehren, desto besser!« sagte Evans. »Eure Lordschaft wollen doch gewiß nicht die Rennen verpassen, wo im Stall Eurer Lordschaft doch mindestens drei Sieger stehen!«

Der Marquis vermutete, daß Evans seine eigenen Gründe hatte, ihn zu überreden zu versuchen.

Allerdings mußte er zugeben, daß in den Worten seines Dieners ein Fünkchen Wahrheit lag. Er vermißte seine Ausritte und den Sport wirklich, dem er einen Großteil seiner Zeit widmete, wenn er in England war.

Evans sagte nichts weiter, aber der Marquis hatte das Gefühl, daß er ihn anflehte und zornig dachte er, daß das heute scheinbar alle taten.

Erst Lucia, dann Francesca, und jetzt auch noch Evans.

»Ein Jammer, daß sie mich nicht in Ruhe lassen können«, dachte er bei sich.

Aber er war sich selbst gegenüber doch ehrlich genug, sich einzugestehen, daß er sich noch mehr ärgern würde, wenn sie es täten.

Um seinen Diener glücklich zu machen, sagte er laut:

»Vielleicht haben Sie recht, Evans, und da ich nicht den Wunsch verspüre, fett und faul zu werden, ist es wohl wirklich besser, wenn wir so schnell wie möglich heimkehren.«

»Das sind gute Nachrichten, Mylord, sehr gute Nachrichten!« bemerkte Evans. »Ich habe mir schon gesagt, ein Ort wie dieser ist nicht normal, mit Straßen aus Wasser, und nirgends ist ein Pferd oder ein Hund zu sehen.«

Er machte eine kurze Pause, ehe er hinzufügte:

»Nur Frauen, mit blitzenden Augen und sprechenden Blikken, die anständige Männer auffordern, damit fertig zu werden.«

Der Marquis hätte am liebsten laut gelacht, weil er wußte, daß Evans auf Francesca anspielte, die er vom ersten Augenblick an, als sie den *Palazzo* betreten hatte, verabscheut hatte.

Da zwischen einem Herrn und seinem Diener unweigerlich eine enge Beziehung entstand, wußte der Marquis, daß Evans den Frauen im Leben seines Herrn große Zu- oder Abneigung entgegenbrachte.

Es gab eine *Incomparable*, die er unter seine Fittiche genommen und in einem Haus in Chelsea untergebracht hatte und die Evans so sehr verabscheute, daß der Marquis den Haß förmlich spüren konnte, den er versprühte, wenn sein Herr sich ankleidete, um sie zu besuchen.

Sie war jedoch nicht lange in seiner Gunst geblieben, und der Marquis hatte oft mit ironischem Lächeln gedacht, daß Evans, als sie angefangen hatte, ihn zu langweilen, was unausweichlich war, den Prozeß mit seiner eigenen Art von Hexerei noch beschleunigt hatte.

»Eure Lordschaft sollten sich vor den Venezianerinnen vorsehen«, warnte Evans ihn jetzt.

»Wie meinen Sie das?«

Der Marquis hatte seine Krawatte gewechselt und band jetzt die, die Evans ihm gegeben hatte, auf eine noch kunstvollere und verschlungenere Art als die andere am Morgen.

»Nach allem, was ich höre, sind Italiener mit ihrer Vendetta und ihren Verbrechen aus Leidenschaft schlimm genug«, antwortete Evans, »aber die Venezianer, Mylord, sollen noch schlimmer sein. Gift ist mehr nach ihrem Geschmack.«

»Das bezweifle ich!« widersprach der Marquis fröhlich. »Und außerdem ist es immer ein Fehler, auf Geschwätz zu hören.«

»Ich will Eure Lordschaft nur warnen.«

»Das dachte ich mir. Aber ich versichere Ihnen, Evans, es ist überhaupt nicht nötig.«

Mit diesen Worten ging er aus dem Ankleidezimmer. Er wußte, daß er Evans aus der Fassung gebracht hatte.

Andererseits fand er es rührend, daß sein Diener so besorgt war und scheinbar dachte, er könnte nicht selbst auf sich achtgeben.

Er stieg in die Gondel, um sich das kurze Stück zu einem der berühmtesten *Palazzos* bringen zu lassen, die noch immer im Besitz der Familie waren, für die sie ursprünglich errichtet worden waren.

Unterwegs ertappte er sich bei dem Gedanken, daß er nach einem zweifellos in die Länge gezogenen Mahl Lucia wieder besuchen würde und sie fragen könnte, ob ihr das Essen geschmeckt hatte, das er ihr hatte bringen lassen.

Zu der Zeit, als der Marquis an sie dachte, war Lucia damit beschäftigt, ihren Vater mit der Suppe zu füttern, die der Koch ihnen geschickt hatte.

Sie war noch heiß, als sie ankam, und nachdem sie ihrem Vater nur ein Viertel davon gegeben hatte, hatte sie den Behälter erneut in ein Tuch eingeschlagen, um die Suppe länger warm zu halten.

Sie war klug genug zu wissen, daß es ein Fehler war, zu viel oder zu schnell zu essen, wenn man lange Zeit ohne Nahrung ausgekommen war.

Sie hatte den riesigen Korb angestarrt, den der italienische Diener die Treppe heraufgeschleppt hatte, und hatte dann merkwürdigerweise festgestellt, daß sie keinen Hunger hatte.

Erst als er sie wieder verlassen hatte, hatte sie den Versuch unternommen, etwas zu essen.

Sie knabberte vorsichtig an dem kalten Lachsmus, das der Koch auf einer Platte angerichtet hatte, und fand es so köstlich, daß sie eine gehörige Portion davon verspeiste.

Für ihren Vater gab es einen leichten Claret, und auch davon hatte sie ihm löffelweise eine geringe Menge eingeflößt. Sie wußte, daß es auch ein Fehler wäre, zuviel Alkohol zu sich zu nehmen.

Nachdem er jetzt noch ein paar Löffel Suppe gegessen hatte, überredete sie ihn, doch ein wenig von dem Lachs zu kosten. Ein Weilchen später schien er einen Bissen Huhn zu genießen, das auf einer Pasta gebettet war, die so leicht war, daß sie das Gefühl hatte, sie zerginge ihr im Munde.

»Mehr – nicht«, brachte ihr Vater hervor.

Als er in die Kissen zurücksank, hatte Lucia den Eindruck, sein Gesicht zeigte ein wenig mehr Farbe, und seine Lippen waren nicht so blutleer wie früher am Tag.

»Mit solchem Essen, Papa, wirst du bald wieder auf den Beinen und in der Lage sein, noch ein Gemälde für den Marquis zu malen, wie er es sich wünscht.«

Ihr Vater antwortete nicht, und sie musterte ihn besorgt. Er war so still, daß sie das Gefühl hatte, er trieb von ihr fort, und sie konnte nichts dagegen unternehmen.

Doch dann sagte sie sich, daß sie sich grundlos Sorgen machte.

Der Marquis war ihnen zu Hilfe gekommen wie ein Erzengel, und jetzt würde alles anders werden.

»Vielleicht können wir sogar hierbleiben«, dachte Lucia, »weil Papa es hier leichter findet zu malen als in England.«

Mit einem leichten Schaudern begriff sie dann, daß sie sich niemals sicher fühlen würde, außer bei ihm.

Seit ihr Vater krank geworden war, und sie daher zwangsläufig alleine ausgehen mußte, hatte sie die Gefahren kennengelernt, die in jedem Torbogen lauerten, auf jeder Brücke und in jeder *callete*.

Aus jedem Schatten schienen sie Männer anzuspringen wie bedrohliche Tiere.

Als sie noch mit ihrem Vater ausgegangen war, hatte sie sie niemals bemerkt, aber jetzt tat sie es dafür um so stärker, und ihr ganzer Körper schauderte und zuckte zusammen, sobald einer von ihnen in ihre Nähe kam.

Einmal, als ein Mann sie verfolgt hatte, war sie ihm nur entkommen, weil sie schneller laufen konnte als er.

Sie hatte die Pakete mit Lebensmitteln fallen gelassen, die

sie getragen hatte und deren Kauf sie länger aufgehalten hatte, als es ihre Absicht gewesen war, so daß es jetzt später am Morgen war als für gewöhnlich.

Mit fliegenden Füßen war sie über die Brücke gehastet, die ihrer Unterkunft am nächsten lag, war durch die offene Tür geschlüpft und die Treppe hinaufgeeilt, ehe ihr Verfolger überhaupt begreifen konnte, wohin sie verschwunden war.

Erst als sie die Tür zum Speicher erreichte, lauschte sie, ob er noch hinter ihr war, und als alles still blieb, glaubte sie, vor Erleichterung ohnmächtig werden zu müssen.

Zitternd stand sie da, hatte das Gefühl, die Wände um sie herum würden schwimmen.

Sie sagte sich, sie dürfte ihren Vater nicht bekümmern oder aufregen, indem sie ihm erzählte, was geschehen war.

Es hatte fast fünf Minuten gedauert, bis sie sich soweit gefangen hatte, daß sie natürlich atmen, in ihr Zimmer hineingehen und eine glaubhafte Entschuldigung vorbringen konnte, warum sie die Lebensmittel nicht mitgebracht hatte, die sie kaufen wollte.

Da sie später nicht mehr herumlaufen konnte, hielt sie das auch davon ab, die Gemälde ihres Vaters zu verkaufen oder betteln zu gehen, wozu sie ein- zweimal gezwungen gewesen war, damit sie ihre Miete bezahlen konnten.

Jetzt sah sie das Geld auf dem Tisch liegen, wo der Marquis es zurückgelassen hatte, und konnte kaum glauben, daß sie jetzt all ihre Schulden bezahlen konnten.

Außerdem würde noch genug übrigbleiben, damit sie zwei Wochen lang bequem leben konnten.

Dann fiel ihr ein, daß der Marquis auch noch für die Bilder bezahlen würde, und sie wußte, daß sie nach England zurückkehren mußten, so sehr ihr Vater auch wünschte, in Venedig bleiben zu können.

»Ich will ihn nicht aufregen oder traurig stimmen, aber ich muß ihm erklären, daß ich nicht allein hier durch die Straßen gehen kann«, sagte sich Lucia.

Sie war sich bewußt, daß sie für ihren Vater immer noch ein

Kind war, und weil sie so sorgsam bemüht gewesen war, ihn nicht zu beunruhigen, hatte er keine Ahnung, daß sie als Frau in den Straßen Venedigs nicht sicher war.

Manchmal, wenn sie Angst davor hatte ihn zu verlassen und auszugehen, warf sie einen Blick in den gesprungenen Spiegel, der in einer Ecke des Raumes stand, wo sie schlief, und dann fragte sie sich, wie sie es bewerkstelligen könnte, alt und häßlich auszusehen.

Sie hatte das Gefühl, daß sie nicht nur ihr Gesicht verändern müßte, sondern auch ihre Figur, die Art, wie sie ging, und natürlich ihre helle Haut, die so ganz anders war als die der Venezianerinnen.

Mit einer plötzlichen Entschlossenheit, die zuvor nicht dagewesen war, sagte sie sich jetzt:

»Wir werden heimkehren, zurück in das Dorf auf dem Lande, wo wir so lange gelebt haben und wo niemand auf uns geachtet hat.«

Als sie jetzt daran dachte und die kleinen schwarz-weiß gedeckten Häuschen vor sich sah, die grünen Felder und die Bäume, die jetzt nach dem Winter gerade anfangen würden zu blühen, da erschien es Lucia weit schöner, als Venedig es jemals sein könnte.

Als sie dann an das Loblied dachte, das ihr Vater und viele andere Menschen auf diese Stadt gesungen hatten, da lachte sie über sich selbst.

Doch mit unwiderruflicher Logik kam der Gedanke:

»Nicht das, was man mit den Augen sieht, zählt. Es kommt darauf an, wo das Herz eines Menschen ist.«

Das war es, was ihre Mutter in Venedig so glücklich hatte sein lassen, denn ihr Herz war dort bei ihrem Ehemann.

Für ihn verkörperte Venedig alles, wovon er geträumt hatte, und alles, was er je zu malen gewünscht hatte.

Leidenschaftlich dachte Lucia, daß sie *San Marco*, die *Palazzos*, den *Canale Grande* und das Leuchten des Himmels und des Meeres gern aufgeben würde, wenn sie dafür den Dorfanger in Little Morden wiedersehen dürfte.

Für sie waren der Ententeich und ihr kleines Häuschen mit den Pfingstrosen im Garten viel hübscher als der Dogenpalast.

Dann sagte sie sich, daß es ein großer Fehler von ihr gewesen war, nicht zu glauben, daß Gott, ihre Mutter und ihr Schutzengel auf sie achtgeben würden.

Sie hatten sie heute morgen zu genau der richtigen Zeit zur *Piazza* geschickt, wo der Marquis allein an einem Tisch vor dem Café »Florian« gesessen hatte.

Im selben Augenblick hatte sie, so sicher, als hätte eine himmlische Stimme es ihr verraten, gewußt, daß dies ihre Chance war, mit ihm zu sprechen.

Sie erinnerte sich noch genau, wie sie ihn zum erstenmal gesehen hatte. Es war bei einem Steeple Chase, das der Duke of Madresfield veranstaltet hatte, auf dessen Besitz sie in dem Dorf Little Morden lebten.

Ihre Mutter hatte gedacht, es könnte ihr gefallen, und hatte ihrem Vater deshalb vorgeschlagen, daß sie hingehen und sich das Steeple Chase anschauen sollten.

Stirnrunzelnd hatte er von seiner Staffelei aufgeblickt.

»Hältst du das für klug, mein Liebling?« hatte er gefragt.

»Wir müssen ja nicht in die Nähe des Dukes und seiner Freunde gehen«, hatte ihre Mutter geantwortet. »Wir können die Reiter auch vom Ende des Parcours sehen.«

Ihr Vater nickte, als hätte er verstanden, was sie meinte.

»Von dort aus können wir alles perfekt überblicken«, war seine Frau fortgefahren. »Und ich weiß, daß es Lucia Spaß machen wird zu sehen, wie die Männer mit einer Geschicklichkeit reiten, von der man nur träumen kann. Mir hat es in ihrem Alter immer viel Spaß gemacht.«

In der Stimme ihrer Mutter lag ein Hauch von Traurigkeit, der immer mitschwang, wenn sie von guten Pferden sprach.

Obwohl ihr Vater und ihre Mutter ritten, und obwohl Lucia selbst ein eigenes Pony hatte, wußte sie, daß ihre Mutter glaubte, sie hätten nicht die Pferde, die sie sich für ihren kleinen Stall wünschte.

Sie beklagte sich zwar niemals, aber es gab doch Gelegenheiten, da erzählte sie davon, wie sie als Mädchen ausgeritten war, und die Erinnerung ließ ihre Augen funkeln und gab ihrer Stimme einen Unterton, der sehr verräterisch war.

Sie waren zu dem Steeple Chase gegangen, und als die Reiter auf sie zudonnerten, um über den hohen Zaun zu setzen, der sich direkt unter dem Platz befand, wo sie saßen, da war Lucia ein Mann aufgefallen, der sich von allen anderen abhob.

Nicht nur deshalb fiel er auf, weil er vor dem Rest des Feldes ritt, sondern auch, weil er besser als alle anderen im Sattel saß und eins zu sein schien mit dem riesigen schwarzen Hengst, den er ritt.

Er übersprang den Zaun in fast einem halben Meter Abstand.

Als das Pferd dann aufsetzte, blickte er über die Schulter um festzustellen, wie es denen ergangen war, die ihm folgten.

Dabei lag ein Lächeln voller Triumph und Zufriedenheit auf seinen Lippen, das Lucia verriet, daß er das Rennen mit Leichtigkeit gewinnen würde.

Als er weiterritt, folgten ihre Blicke ihm, und als er ein Stück weiter über einen anderen Zaun sprang, sagte ihre Mutter:

»Das war der Marquis of Wynchcombe. Ich habe in der Zeitung gelesen, daß man ihm einen Orden verliehen hat für seine Tapferkeit bei der Schlacht von Waterloo.«

»Er ist ein sehr guter Reiter, Mama.«

»Das liegt in der Familie«, hatte ihre Mutter leise geantwortet.

Als die anderen Reiter dann an ihnen vorüberritten, hatte ihr Vater gemeint:

»Laßt uns heimkehren. Ich möchte mein Bild beenden, und es deprimiert mich, mein Schatz, zu wissen, daß du es bedauerst, daß du nicht auf solchen Pferden reiten kannst.«

»Da irrst du dich«, hatte ihre Mutter eilig widersprochen. »Du weißt, daß ich absolut nichts bedaure.«

Obwohl noch einige andere Zuschauer in der Nähe waren,

hatte sich ihre Mutter vorgebeugt und ihren Mann auf die Wange geküßt.

Sofort hatten seine Augen zu leuchten angefangen, hatte dieser Glanz einen Ausdruck der Sorge vertrieben, als er fragte:

»Meinst du das ernst? Findest du das wirklich?«

»Wie kannst du nur eine so absurde Frage stellen? hatte Lucias Mutter gefragt. »Laß uns in das Haus zurückkehren, das für mich das glücklichste und perfekteste Heim in der ganzen Welt ist, und das ich nicht für tausend Paläste oder zehntausend Pferde eintauschen würde.«

Ihre Stimme klang unverkennbar ernst, und Lucia beobachtete, wie ihr Vater die Hände ausstreckte, um ihre Mutter auf die Füße zu ziehen.

Dann waren sie Arm in Arm über das Gras davongegangen, hatten miteinander gelacht und Dinge gesagt, die nur sie hören konnten.

Lucia war ihnen gefolgt.

Aber sie hatte an den Marquis gedacht, an die Art, wie er über den Zaun gesetzt war, an das triumphierende Lächeln, das auf seinen Lippen gelegen hatte.

Sie war erst fünfzehn Jahre alt, aber sie hatte damals schon das Gefühl gehabt, einen außergewöhnlichen Menschen gesehen zu haben.

Sie war sicher, daß der Marquis ein Mann war, der im Leben immer genau das bekommen würde, was er haben wollte, was immer ihm dabei auch entgegenstehen mochte.

3

Der Marquis spürte, wie er immer ungeduldiger wurde. Das Essen mit den unvermeidlichen unzähligen Nudelgerichten schien sich noch mehr in die Länge zu ziehen als normalerweise.

Sein Gastgeber gehörte zu einer der ältesten venezianischen

Familien, und die anderen Gäste waren ebenfalls alles Aristokraten bis in die Fingerspitzen und sich dieser Tatsache sehr wohl bewußt.

Sie unterhielten sich über Politik, und wieder einmal wurden die Fehler der Österreicher aufgezählt, kritisiert und durchgekaut, bis der Marquis sich dabei ertappte, wie er gähnte.

Der *Palazzo* in dem die Gesellschaft sich versammelt hatte, atmete Geschichte aus allen Poren, hätte aber gleichzeitig dringend restauriert werden müssen.

Es war traurig, daß so viele Paläste, Häuser, Kirchen und Denkmäler in Venedig vernachlässigt wurden. Aber er konnte sich des Gefühls nicht erwehren, daß es ganz allein die Schuld der Venezianer selbst war.

Wenn sie weniger Zeit mit frivolen Vergnügungen verbracht hätten, dann hätten sie ihre Republik leicht unabhängig halten können, und dann wären sie weiterhin, wie es früher der Fall gewesen war, reich und wichtig gewesen.

Aber es hatte keinen Sinn, der Vergangenheit nachzutrauern, fand der Marquis, und so bemühte er sich, sie dazu zu ermutigen, die Zukunft etwas optimistischer zu sehen.

Aber nachdem er die Gesellschaft verlassen hatte, hatte er das Gefühl, daß sie weder den Geist noch die Entschlossenheit besaßen, ihr Schicksal ins Lot zu bringen.

Statt dessen hegten sie nur einen Groll gegen ihre österreichischen Herrscher und versuchten denjenigen, die dem Kaiser in Venedig dienten, das Leben so unangenehm wie möglich zu machen.

Als seine Gondel vom *Palazzo* ablegte und ins Sonnenlicht hinausschoß, stellte er fest, daß er sich darauf freute, Lucia wiederzusehen und, wenn möglich, mit Bernard Beaumont zu sprechen.

Der Canale Grande, der im Sonnenschein funkelte, erinnerte den Marquis an Turners Bild, und doch fand er, daß das Gemälde, das Beaumont gemalt hatte, und das sich jetzt in seinem Besitz befand, noch eindrucksvoller war.

Er schalt sich selbst, daß es absurd war, so von einem unbekannten Künstler besessen zu sein. Zweifellos würde er unzählige Fehler finden, wenn die Gemälde erst einmal an den Wänden des *Palazzos* hingen, wahrscheinlich wäre er sogar überzeugt, daß die ganze Auffassung des Künstlers, was das Licht anging, falsch war.

Er war überzeugt, daß andere Kunstliebhaber ihm genau das erzählen würden!

Gleichzeitig sagte ihm sein Instinkt ganz deutlich, daß er recht hatte und die anderen unrecht, ganz gleich, was sie auch sagen mochten.

Als die Gondel weiter dahinglitt, auf den kleinen Kanal zu, der ihn so nah wie möglich an das Haus brachte, in dessen Speicher Beaumont hauste, fragte sich der Marquis im Geiste, ob alle großen Künstler wohl malten, was sie fühlten, und nicht, was sie mit ihren Augen sahen.

Bislang hatte sich ihm diese Frage nie gestellt, aber er wußte, daß Beaumonts Darstellung von Venedig ihn auf eine Art und Weise fesselte, die ihn persönlich ergriff und unterschwellig seine Gefühle ansprach.

Sie lösten etwas in ihm aus, das er noch nie gefühlt hatte, wenn er ein Gemälde betrachtete.

Gleichzeitig wollte ein zynischer, praktisch denkender Teil seines Verstandes argumentieren, daß eine solche Haltung nichts weiter war als eine Illusion, und daß er ihr vielleicht ganz andere Gefühle entgegenbringen würde, wenn er sie jetzt wiedersah.

Die Gondel hielt neben einer Brücke, und als der Marquis ausstieg, erkannte er die schmale *callete*, die zwischen hohen Brücken verlief, an deren Ende sich das Haus befand, zu dem Lucia ihn am Morgen geführt hatte.

Er trug dem Gondoliere auf, zu warten und schritt durch das alte Viertel. Die Wäsche, die vor einigen der Fenster hing, und die zerlumpten Kinder, die in der Nähe des Kanals spielten, waren für ihn ein Zeichen äußerster Armut.

Aber er sah auch zierliche Marmorbalkone, flankiert von

geschnitzten Löwen, die in besseren Zeiten hier ihren Platz gefunden hatten.

Und es gab uralte Steinschilde an den Mauern, die dem Marquis das Gefühl gaben, sie könnten eine Geschichte von Glanz und Gloria erzählen, die jetzt in Venedigs glanzvoller Vergangenheit verloren war.

Er ging weiter, bis er an die Tür des hohen Gebäudes kam, in dem die Beaumonts wohnten.

Als er es erreichte, verspürte der Marquis den plötzlichen Impuls, nicht hineinzugehen, sondern in seinen eigenen *Palazzo* zurückzukehren.

Er hatte das merkwürdige Gefühl, daß es weitreichende Konsequenzen für ihn und sein Privatleben haben könnte, wenn er sich noch weiter auf Beaumont, seine Tochter und seine Bilder einließ.

Er hatte keine Ahnung, warum er so fühlen sollte, und er fand es gleichzeitig sonderbar und unerfreulich.

Aber das Gefühl war nun einmal da, drängte ihn förmlich, nicht weiterzugehen, während das andererseits etwas war, was er unbedingt wollte.

»Das muß der Wein sein, den ich zum Mittagessen getrunken habe«, sagte er sich selbst.

Dann, es kostete ihn wirklich Mühe, stieg er die verfallene und schmutzige Treppe hinauf, die sich bis zum Speicher emporwand.

Als er auf dem obersten Treppenabsatz angekommen war, blieb er einen Augenblick lang stehen, wie er es schon einmal getan hatte, und schaute über die Dächer von Venedig.

Er konnte die großen, leuchtenden Kuppeln von *San Marco* sehen, und die hohen, eckigen Türme des *Campanile*.

Vergoldete Engel glitzerten in der Sonne. Der Marquis erinnerte sich, daß sie früher den Galeeren, die die Reichtümer des Orients nach Europa brachten, als Orientierungshilfe gedient hatten.

Sie waren nach Venedig gesegelt, die Laderäume gefüllt

mit Seide, Gewürzen, Sklaven und Juwelen, mit antiken Schnitzereien und Reliquien.

Es war ihr Handel, der die Venezianer so reich hatte werden lassen, und es waren ihre Frivolität und Dummheit, die sie um das Monopol gebracht hatten, das sie einst besaßen, nämlich den Ländern Europas die Güter zu bringen, die sie sich ersehnten.

Als dann die Sonne alles, was er sah, mit einem goldenen Schimmer überzog, drehte sich der Marquis zu der Tür neben sich und klopfte an.

Fast sofort wurde sie von Lucia geöffnet. Sie sah ganz anders aus, als er sie in Erinnerung hatte.

Nicht nur, weil sie ein farbiges Kleid trug anstelle des schwarzen, in dem er sie zuerst gesehen hatte – er wußte, daß sie das getan hatte, weil sie so wenig Aufmerksamkeit wie möglich erregen wollte.

Nein, er sah auch zum erstenmal ihr Haar unbedeckt, und es war ganz anders, als er erwartet hatte.

Er war sich klar darüber gewesen, daß sie blond sein würde, was auf ihr englisches Blut zurückzuführen war. Aber tatsächlich war ihr Haar so hell, daß es die Farbe der Sonne am frühen Morgen hatte.

Dennoch zauberte die Nachmittagssonne goldene Flecken darauf, und dieses Gold spiegelte sich im Grau ihrer Augen wider.

Als sie aus der Tür auf den Treppenabsatz hinaustrat, wo der Marquis stand, erschien sie ihm noch zarter als beim erstenmal, fast durchscheinend.

Ihre Figur war so zierlich durch den Hunger, daß sie mehr wie ein Kind als eine Frau wirkte.

Sie schaute zu ihm auf, mit riesengroßen Augen in dem herzförmigen Gesicht, und sagte leise:

»Papa schläft. Ich dachte . . . Mylord, wenn Sie gekommen sind, um . . . mich zu sehen . . . dann könnten wir vielleicht . . . anderswo miteinander reden.«

»Natürlich, was schlagen Sie vor?«

Sie deutete auf die Treppe, die er gerade heraufgestiegen war, und meinte:

»Auf der Rückseite des Hauses gibt es ein ruhiges Plätzchen.«

»Dann lassen Sie uns dorthin gehen«, stimmte er lächelnd zu.

Er schickte sich an, die Treppe hinabzusteigen.

Dabei fiel ihm auf, während er vorsichtig eine Stelle suchte, auf die er seinen Fuß auf den rissigen und gebrochenen Stufen setzen konnte, daß Lucia sicher und graziös hinablief.

Als sie die Tür erreichten, die auf die Straße führte, ging Lucia aber nicht hinaus, sondern lief durch einen anderen Gang, der sie auf die Rückseite des Gebäudes brachte.

Hier befand sich eine Tür, und dahinter führten einige wenige Stufen in einen Garten, den früher einmal Blumen und Statuen zierten, der jetzt aber nur noch ein brüchiges Pflaster innerhalb der Gartenmauer aufwies.

Am anderen Ende, hinter einer Steinbank, war wieder ein kleiner Kanal.

Zweifellos hatten hier in alten Zeiten die Besitzer des Hauses auf ihre Gäste gewartet, oder vielleicht hatten sich auch junge Leute hier etwas versprochen, ohne daß ihre Eltern davon wußten.

Selbst jetzt noch war es ein romantisches Fleckchen, mit dem dunklen Wasser des Kanals, das die hohen Häuser zu beiden Seiten widerspiegelte.

Lucia ließ sich auf der Steinbank nieder, an deren einem Ende sich ein geschnitzter venezianischer Löwe befand, abgesplittert und rissig, aber noch immer zu erkennen. Der Marquis nahm neben ihr Platz, als sie sagte:

»Ich . . . weiß nicht, wie ich . . . Eurer Lordschaft dafür danken . . . soll, daß Sie uns . . . Essen geschickt haben. Papa sieht schon ein wenig besser aus . . . und jetzt ist er zufrieden eingeschlafen, was er . . . schon lange nicht mehr . . . getan hat.«

»Ich hoffe, Sie haben auch etwas gegessen«, bemerkte der

Marquis. »Ich muß Ihnen ja wohl nicht sagen, daß Sie viel zu dünn sind.«

Sie lachte, und dabei wurden kleine Fältchen neben ihrem Mund sichtbar, von denen der Marquis wußte, daß sie nur dort waren, weil sie unterernährt war.

»Ich hatte ganz vergessen, daß es solche Köstlichkeiten gibt«, sagte sie. »Und Papa hat den Wein genossen . . . wenn ich ihn auch nur . . . sehr wenig davon habe . . . trinken lassen.«

»Ich habe meinen Chefkoch angewiesen, Ihnen noch viel mehr zu kochen«, berichtete der Marquis. »Es wird Ihnen heute abend gebracht werden. Meinen Sekretär habe ich beauftragt, eine bessere Unterkunft für Sie zu finden, mit einem Atelier, in dem Ihr Vater wieder arbeiten kann, sobald es ihm gut genug geht.«

Lucia verschränkte die Hände ineinander und sagte mit bebender Stimme:

»Wie können Sie . . . so freundlich sein? Aber wir . . . dürfen Ihnen nicht . . . zur Last fallen.«

»Das tun Sie auch nicht«, widersprach der Marquis. »Ich habe außerdem entschieden, auf welcher Bank ich das Geld für die Bilder Ihres Vaters einzahlen werde.«

Schweigen entstand. Dann meinte Lucia:

»Ich glaube . . . wenn es ihm wieder gut genug geht . . . wäre es am klügsten, wenn . . . wir unverzüglich nach England zurückkehren.«

»Halten Sie diese Eile für wichtig?« erkundigte sich der Marquis.

Sie antwortete nicht, und nach einer Weile meinte er:

»Ich habe Sie etwas gefragt, und ich denke, Sie haben einen Grund, wenn Sie mir diese Frage nicht beantworten.«

Sie warf ihm einen kurzen Blick von der Seite zu, der ihm auch ohne Worte verriet, daß seine Scharfsichtigkeit sie überraschte. Erst dann erwiderte sie zögernd:

»Sie werden es merkwürdig finden, daß ich das sage . . . werden denken, daß ich mir alles nur einbilde . . . aber ich bin absolut davon überzeugt, daß wir nach England zurückkehren sollten, jetzt . . . für den Fall, daß Papa mich . . . hier allein läßt.«

Sie hörte sich an, als hätte der Marquis sie gezwungen, die Wahrheit zu sagen, und nach einer Weile meinte er:

»Wenn Sie das so fühlen, dann haben Sie recht. Ich werde meinen Sekretär anweisen, ein Schiff ausfindig zu machen, das nach England fährt, und auf dem es Ihr Vater bequem haben wird, ohne daß es zu teuer ist.«

»Wenn Eure Lordschaft . . . das tun würden . . . wäre es sehr freundlich.«

»Ich habe Ihnen bereits gesagt, daß ich möchte, daß Ihr Vater mein Haus in Buckinghamshire malt, wenn Sie wieder in England sind. Ich werde Ihnen meine Adresse geben, damit Sie sich mit mir in Verbindung setzen können, sobald es ihm gut genug geht, den Auftrag auszuführen.«

Lucia seufzte leise, ehe sie sagte:

»Ihre Freundlichkeit ist überwältigend, Mylord. Und wenn Papa weiß, daß in England eine Aufgabe auf ihn wartet, wird es für mich leichter sein, ihn . . . zu überreden, Venedig zu verlassen.«

»Ich habe fast das Gefühl, ein Verbrechen zu begehen, wenn ich ihn von den Ansichten forthole, die er so wunderschön und anders als alle anderen auf der Leinwand festgehalten hat«, bemerkte der Marquis. »Andererseits kann England auch sehr schön sein.«

»Sehr, sehr schön«, stimmte Lucia verzückt zu.

»Wie ich sehe, lieben Sie Ihre Heimat«, meinte der Marquis, »und doch sehen Sie nicht wie eine reine Engländerin aus.«

Er hatte diese Bemerkung ganz beiläufig gemacht, weil er fand, daß ihr helles Haar und das Grau ihrer Augen, die von Wimpern eingerahmt wurden, die dunkler waren als man es erwartet hätte, ihr ein leicht »fremdländisches« Aussehen verliehen.

Sie erstarrte und wandte sich von ihm ab, so daß er nur noch ihr Profil sehen konnte. Er war sich dennoch fast sicher, auf ihren Wangen einen Hauch Farbe zu entdecken, der vorher noch nicht dagewesen war.

»Habe ich recht? Sie sind keine Engländerin?«

»Natürlich bin ich Engländerin!« antwortete Lucia hastig. »Wie könnte ich etwas anderes sein, wenn ich doch Papas Tochter bin?«

Sie sprach so entschieden, daß der Marquis sie überrascht ansah.

Er war sich jetzt fast sicher, daß ihre Herkunft ein Geheimnis umgab, und daß er recht hatte in der Annahme, sie wäre keine reine Engländerin. Warum das allerdings so wichtig sein sollte, konnte er sich nicht erklären.

Als fürchte sie, er könnte ihr noch weitere Fragen stellen, meinte Lucia jetzt:

»Ich bin sicher, Eure Lordschaft haben heute Nachmittag noch viel zu tun. Ich darf Ihre Zeit nicht zu lange in Anspruch nehmen.«

Sie erhob sich bei diesen Worten, und auch der Marquis stand auf. Dabei fragte er sich, ob er sie dazu zwingen könnte, etwas über sich zu verraten. Doch dann entschied er, daß das unfreundlich und ohnehin nicht wichtig war.

Sie gingen zum Haus zurück, und dabei sagte Lucia:

»Wenn es Papa bessergeht, und wenn Eure Lordschaft so freundlich wären, uns das Geld für die Bilder zu geben, dann können wir bestimmt in einer Woche oder zehn Tagen hier abreisen.«

»Das hängt natürlich davon ab, ob ein Schiff verfügbar ist«, erinnerte sie der Marquis.

»Es liegen immer Schiffe im Hafen, und ich bin sicher, daß um diese Zeit des Jahres, wenn die Besucher nach Venedig strömen, Schiffe nach England zurückkehren, auf denen Platz für uns ist.«

Es klang fast so, als wollte sie mit ihrem Willen erzwingen, daß es Plätze für sie geben sollte, und der Marquis dachte mit einem leichten Lächeln, daß sie jeglichen Einwand ihres

Vaters, der wohl lieber in Venedig bleiben wollte, einfach beiseite wischen würde.

Als er das Haus erreichte, drehte er sich um und sah zurück, und dabei fand er, daß der Kontrast zwischen der Sonne und den tiefen Schatten, die die hohen Häuser warfen, ein sehr attraktives Bild abgeben würde.

»Wenn Ihr Vater bei uns wäre, Lucia, dann würde er das sicher malen wollen«, meinte er.

»Er hat es bereits mehrere Male gemalt.«

»Sie haben mir diese Bilder nicht gezeigt oder mir auch nur davon erzählt.«

»Ich verschweige Ihnen nichts«, versicherte sie ihm hastig. »Bloß, als wir ärmer und ärmer wurden, konnte Papa es sich nicht leisten, Leinwand zu kaufen. Und wenn er ein Bild gemalt hat, hat er es ausgewischt und neu angefangen.«

Der Marquis stöhnte auf.

»Welch eine Verschwendung!«

»Das dachte ich damals auch, aber ich konnte nichts dagegen tun.«

»Wie sind Sie nur so arm geworden?«

Sie zögerte, und er fragte sich, ob sie ihm wohl die Wahrheit erzählen würde. Dann fing sie an:

»Als Papa und Mama vor zwei Jahren beschlossen, hierher zu kommen, geschah das, weil Papa sicher war, daß seine Bilder von Venedig so . . . gut und ungewöhnlich sein würden, daß er . . . berühmt und gefragt werden würde . . . und vielleicht . . . viel Geld verdienen könnte.«

Lucia sprach zögernd, und der Marquis wußte, daß es ihr schwerfiel, in Worte zu fassen, was geschehen war.

»Fahren Sie fort«, drängte er sie nach einer Weile. »Das interessiert mich wirklich sehr.«

»Papa hatte ein wenig Geld damit verdient, konventionelle Bilder für die Leute aus der Gegend, wo wir lebten, zu malen. Er hat diese Arbeit gehaßt.«

Lucia warf einen kurzen Blick auf den Marquis und erklärte dann:

»Es waren keine vornehmen Leute, die viel zahlen konnten. Da war der Bürgermeister des Marktfleckchens in der Nähe unseres Dorfes, zwei oder drei ziemlich wohlhabende Farmer, die ein Portrait von sich und ihren Frauen besitzen wollten, und schließlich eine alte Dame, die ihren Garten auf Leinwand unsterblich gemacht haben wollte.«

Die Art wie Lucia sprach, rief beim Marquis ein Lächeln hervor, und sie sagte:

»Papa haßte jeden einzelnen von ihnen! Er hatte das Gefühl, er würde sich erniedrigen, wenn er etwas malte, was verkäuflich war, und nicht das, was er für das wahre Abbild dessen hielt, was er sah.«

»Das kann ich verstehen«, meinte der Marquis.

»Nur wenige Leute würden das verstehen. Nun, auf jeden Fall sagte er zu Mama, als er den Garten der alten Dame fertig gemalt hatte:

»Ich muß fort von hier! Ich habe das Gefühl, hier gefesselt zu sein, angekettet an diesen Ort, und das schränkt nicht mich ein, sondern meine Seele!«

»Und Ihre Mutter hat das verstanden?«

»Natürlich hat sie das verstanden. Sie und Papa haben sich so sehr geliebt, daß sie auch eingewilligt hätte, wenn er sie gebeten hätte, auf den Gipfeln des Himalajas oder in einer Höhle auf dem Meeresgrund mit ihm zu leben.«

In Lucias Stimme lag ein leises Schluchzen, was dem Marquis verriet, daß diese Liebe zwischen ihrem Vater und ihrer Mutter auch für sie etwas sehr Reales gewesen war.

Während er darauf wartete, daß sie ihre Geschichte weitererzählte, konnte er ihre Gedanken fast von dem Ausdruck ablesen, der in ihren grauen Augen stand.

»Sie haben das kleine Häuschen aufgegeben, in dem wir gewohnt hatten, soweit ich zurückdenken kann«, fuhr Lucia fort. »Papa hat die Möbel verkauft und alles, was wir besaßen, bis auf das, was wir mitgenommen haben.«

»Das war schon ein wenig drastisch, nicht wahr?« meinte der Marquis.

»Papa hat erklärt, wir würden ein neues Leben anfangen, und es wäre immer ein Fehler, sich mit alten Dingen zu belasten, wenn man zu einem Kreuzzug aufbricht.«

»Und hatte Ihre Mutter etwas dagegen?«

»Mama hielt es für ebenso aufregend wie ich, und wir waren so sicher, daß Papa Erfolg haben würde.«

Ihr Ausdruck war sehr verräterisch, als sie sagte:

»Papa wollte reich und wichtig sein, nicht seinetwegen, sondern unseretwegen. Es gab so vieles, was er uns schenken wollte: Pferde, Kleider, die Möglichkeit, gelegentlich nach London zu fahren, in die Oper zu gehen, und natürlich die Gemälde in der Royal Academy und den Galerien zu betrachten, von denen wir in den Zeitungen gelesen hatten.«

Sie seufzte tief, als würde ihr jetzt plötzlich klar, daß es nur ein Traum gewesen war.

»So sind Sie also nach Venedig gekommen«, bemerkte der Marquis.

»Zuerst war alles sehr aufregend und genauso, wie Papa es gehofft hatte.«

Als sie sich dann erinnerte, was geschehen war, verdüsterten sich ihre Augen, und sie wurde sehr still als der Marquis leise fragte:

»Warum ging es schief?«

»Alles war . . . viel teurer, als wir erwartet hatten . . . und unser Geld schwand schnell dahin . . . aber niemand interessierte sich für . . . die Gemälde, die Papa malte.«

Das hatte der Marquis fast erwartet, und der Klang von Lucias Stimme verriet ihm, welche Sorgen sie sich alle gemacht hatten.

»Dann, als Mama anfing zu glauben, wir sollten nach England zurückkehren, wurde sie krank.«

»Was hat sie gehabt?«

»Ich glaube, es war das Wasser, was ihr nicht bekommen ist, und dann der kalte Winter, den wir irgendwie nicht erwartet hatten. Es ging ihr immer schlechter . . . und weil wir kein Geld hatten . . . Papa hat ein paar der üblichen Bilder von

Venedig gemalt, die er auch verkaufen konnte . . . aber für sehr wenig Geld.«

»Mit üblich meinen Sie wohl die Art von Bildern, die die Besucher von der schönsten Stadt der Welt zu kaufen erwarten.«

»Genau«, stimmte Lucia zu. »Papa haßte es, sie zu malen, er sagte, sie hätten kein künstlerisches Gefühl. Aber weil er nur sehr wenig dafür verlangte, wurden sie in einem Geschäft an der *Piazza* ausgestellt und verkauft, kaum daß er sie fertiggestellt hatte.«

Der Marquis konnte verstehen, wie erniedrigend es für einen Maler wie Beaumont gewesen sein mußte, sich auf eine solche Art zu prostituieren.

»Dann, nachdem Mama gestorben war, war Papa nur glücklich, wenn er sich auf die Art von Bildern konzentrieren konnte, die er gern malte . . . und weil ich ihm keine Sorgen machen wollte . . . ich glaube, es war wohl meine Schuld, daß . . . alles so schlimm geworden . . . ist.«

Sie seufzte noch einmal laut auf, ehe sie sagte:

»Gerade, als ich entschlossen war . . . Papa die Bilder malen zu lassen, die sich verkaufen ließen . . . wurde er auch krank.«

Jetzt klang wieder die Angst aus Lucias Stimme, die der Marquis schon vorher gehört hatte, und hastig sagte er:

»Sie müssen nicht mit Ihrer Geschichte fortfahren, wenn es Sie so aufregt.«

»Es ist am besten, wenn Sie die Wahrheit kennen. Und ich mache mir selbst die größten Vorwürfe. Papa war immer hoffnungslos ungeschickt im Umgang mit Geld, wenn er gemalt hat, und er konnte an nichts anderes denken . . . ich hätte mehr so wie Mama sein sollen . . . hätte ihn überreden sollen, daß wir heimkehrten, gleich nachdem sie . . . uns verlassen hatte.«

Als er sie so neben sich stehen sah, klein und fast zerbrechlich wirkend, dachte der Marquis, daß Beaumont besser auf seine Tochter hätte achtgeben müssen.

Wie hatte er von einem so jungen Mädchen erwarten können, praktisch zu denken.

Als hätte sie wieder seine Gedanken erraten, sagte Lucia hastig:

»Sie dürfen Papa keine Vorwürfe machen. Er war so sehr davon überzeugt, daß seine Gemälde wirkliche Kunstwerke waren . . . und von denjenigen gutgeheißen würden, die Kunstverständnis haben.«

Sie schluchzte auf, ehe sie fortfuhr:

»Er hatte keine Ahnung, daß wir . . . dem Verhungern nahe waren . . . und niemand, außer Eurer Lordschaft, seine Gemälde . . . gut finden würde.«

Sie holte tief Luft, und fügte leise hinzu:

»Ich . . . ich habe letzte Nacht gedacht, daß Gott . . . Sie uns im letzten Augenblick . . . gesandt hat.«

»Ich würde sagen, Sie hatten etwas damit zu tun!« widersprach der Marquis trocken.

»Wenn das so ist, kann ich nur wieder sagen, wie . . . dankbar ich bin«, antwortete Lucia.

Sie schenkte ihm ein Lächeln, das wie die Sonne selbst war.

Dann, als hätte sie das Gefühl, sie würde ihn langweilen, sagte sie schnell:

»Ich muß zu Papa zurückgehen und sehen, ob er wach ist.«

»Ich komme mit Ihnen.«

Lucia war schon ins Haus getreten, blieb jetzt aber noch einmal stehen.

»Sind Sie ganz . . . sicher, daß Sie das . . . tun wollen?«

»Es dürfte Ihnen schon aufgefallen sein, daß ich nur sehr selten etwas tue, was ich nicht will. Die Antwort lautet also ›ja‹.«

Lucia lachte leise.

»Ich war sicher, daß es die Wahrheit war . . . In diesem Fall müssen Sie . . . obwohl Sie so wundervoll freundlich sind . . . auch schrecklich . . . verwöhnt sein.«

Nie zuvor hatte es jemand gewagt, so etwas zum Marquis zu sagen, und er sah sie überrascht an, als sie hastig hinzufügte:

»Es . . . es tut mir leid, wenn das unhöflich war. Aber Sie sind so überwältigend, daß ich das Gefühl habe, die ganze Welt muß Ihnen zu Füßen liegen! Deshalb muß es schwer sein, so wie andere Menschen . . . um etwas zu kämpfen, das . . . außerhalb Ihrer Reichweite liegt.«

Sie hatten inzwischen die unterste Stufe der Treppe erreicht, und als Lucia ihre Hand auf das Geländer legte, sah der Marquis sie erstaunt an.

»Merkwürdig, daß Sie das sagen, und doch verstehe ich, worauf Sie hinauswollen. Aber wie alle anderen Menschen auch habe ich meinen Ehrgeiz und den Wunsch, das große Glück zu finden.«

»Sie müssen mir verzeihen, wenn ich unhöflich bin«, sagte sie. »Aber Sie erscheinen mir einfach so allmächtig, so anders als gewöhnliche Menschen, daß ich einfach nicht wirklich glauben kann, daß sie ein Mensch sind.«

Der Marquis lachte.

»Ich bin mir nicht sicher, ob das ein Kompliment oder eine Beleidigung ist.«

»Ein Kompliment«, sagte sie schnell. »Nicht, daß Eure Lordschaft das nötig hätten!«

Der Marquis lachte wieder.

»Ich hoffe, Miss Beaumont, daß ich Sie in Zukunft nicht Ihrer Illusionen beraube, wenn ich Ihnen jetzt versichere, daß ich sogar sehr menschlich bin.«

Seine Augen funkelten, als er fortfuhr:

»Um Sie zu überzeugen will ich nur sagen: Wäre ich von den Gemälden Ihres Vaters nicht wirklich beeindruckt gewesen und überzeugt, daß er ein Genie ist, dann hätte ich Ihnen nicht die Freundlichkeit entgegengebracht, für die Sie mir jetzt danken, sondern hätte Sie ›links liegen lassen‹.«

»Aber daß Sie . . . verstanden haben, was Papa auszudrükken versucht, macht Sie . . . anders als alle anderen, und, wie ich schon gesagt habe . . . wundervoll!«

Der Marquis hatte in seinem Leben schon viele Komplimente erhalten, aber dieses war gewiß anders als alle anderen.

Er wußte, daß Lucia in ihm nicht den attraktiven Mann sah, wie es jede andere Frau getan hatte, die er kannte.

Für sie war er ein übermenschliches Wesen, das im letzten Moment vom Himmel gesandt worden war, um sie vor der Zerstörung zu bewahren.

Er war sich nicht sicher, warum er so genau wußte, was sie dachte, und doch war er überzeugt, daß es die Wahrheit war.

Sie gingen schweigend die Treppe hinauf. Als Lucia die Tür zum Speicher öffnete und eintrat, folgte ihr der Marquis.

Das Sonnenlicht, das durch das Fenster im Dach fiel, warf einen goldenen Kreis auf die nackten Bodenbretter, aber auf der anderen Seite, wo Beaumont schlief, lag der Raum im Schatten.

Lucia ging schnell zu ihm, doch als sie das Bett erreichte, sah sie, daß ihr Vater noch immer schlief.

»Papa! Wach auf, Papa! Seine Lordschaft ist hier und ich weiß, daß du ihm für seine Freundlichkeit danken möchtest.«

»Lassen Sie ihn schlafen . . .« setzte der Marquis an.

Dann sah er auf dem Tisch die Speisen, die er aus dem *Palazzo* gesandt hatte, und hielt es für eine gute Idee, Beaumont noch einmal etwas zu essen zu geben, ehe er wieder einschlief, wenn Lucia schon versuchte, ihn wieder zu Kräften zu bringen.

Er war überzeugt, daß in ihr dasselbe vorging, als sie sich über ihren Vater beugte und sagte:

»Wach auf, Papa! Du hast lange genug geschlafen.«

Der Marquis beobachtete, wie sie eine Hand nach der ihres Vaters ausstreckte, die auf der Decke lag. Dabei erstarrte sie.

Sie klammerte sich an die Hand ihres Vaters und rief mit veränderter Stimme:

»Papa! Papa!«

Sie erhielt keine Antwort und legte die andere Hand auf seine Stirn. Sie mußte feststellen, daß sie ebenso kalt war wie seine Hand.

Sie stieß einen verzweifelten, leisen Schrei aus.

Als der Marquis neben sie trat, stammelte sie kaum hörbar:

»Das . . . kann nicht . . . sein! . . . Wie ist das möglich? . . . Oh nein! . . . Das ist . . . nicht wahr!«

Ihre Stimme brach bei diesem letzten Wort, und sie wandte sich dem Marquis zu, wie es ein Kind tun würde, um sich davon überzeugen zu lassen, daß es sich irrte.

Er streckte den Arm aus, um sie zu stützen, und als er auf Bernard Beaumont hinabschaute, erkannte er, daß Lucias Vater tot war.

Ein Lächeln lag auf seinen Lippen, er wirkte glücklich und entspannt. Es bestand kein Zweifel daran, daß er ganz ruhig im Schlaf gestorben war, daß kein Leben mehr in seinem Körper war.

Weil es das einzige war, was er sagen konnte, bemerkte der Marquis leise:

»Er hat nicht gelitten, und dafür müssen Sie dankbar sein.«

»Ich . . . ich kann ihn . . . nicht verlieren . . . wie kann er mich . . . verlassen . . .?« stammelte Lucia.

Als könnte sie nicht glauben, daß es die Wahrheit war, barg sie ihr Gesicht an der Schulter des Marquis und brach in Tränen aus.

Es gab nichts weiter, das er hätte tun können, als sie festzuhalten und zu fühlen, wie sie krampfhaft zitterte. Ihr ganzer Körper wurde von ihrem Elend und ihrer Verzweiflung darüber, das Einzige verloren zu haben, was in ihrem Leben wichtig war, geschüttelt.

Als er sie so in den Armen hielt, wußte der Marquis, daß sie in ihrem Kummer sich nicht einmal bewußt war, daß er es war, an dessen Schulter sie weinte.

Sie war verloren in einem Kummer und einer Verzweiflung, die so überwältigend waren, daß sie einen Augenblick lang überhaupt nicht denken konnte, sondern sich so allein und verloren vorkam, als hätte man sie auf dem Mond oder einem unbewohnten Planeten zurückgelassen.

»Wie . . . konnte er . . . mich verlassen?« schluchzte sie.

Der Marquis spürte, daß sie diese Frage Gott stellte, an den sie glaubte.

Er fühlte, wie ihre Tränen ein wenig nachließen. Dann sagte er ganz ruhig:

»Ich glaube, Ihr Vater ist lieber gestorben, als hilflos zu sein, unfähig zu malen, und er war froh, daß er seine Bilder an jemanden verkauft hat, der sie liebt.«

Als wären seine Worte zu ihr durchgedrungen, meinte Lucia:

»Er war . . . froh! Als wir . . . gestern abend darüber gesprochen haben . . . hat er gesagt . . . es ist ihm lieber, daß Sie sie . . . besitzen . . . als irgend jemand sonst . . . in England.«

Der Marquis schaute auf das Gesicht Beaumonts hinab und sagte:

»Ich glaube, als Ihr Vater starb, wußte er, daß eines Tages nicht nur ich, sondern eine große Anzahl von Menschen sein Werk loben wird. Und deshalb lächelt er.«

Ganz langsam hob Lucia den Kopf von seiner Schulter und blickte, ohne von dem Marquis zurückzutreten, zu ihrem Vater hinüber.

»Er . . . er sieht wirklich . . . glücklich aus«, murmelte sie nach einer Weile nachdenklich.

»Sehr glücklich«, stimmte der Marquis zu. »Und deshalb möchte ich auch nicht, daß Sie um ihn weinen, Lucia, sondern versuchen, tapfer zu sein, wie er es sich von Ihnen wünschen würde.«

»Wie kann ich . . . tapfer sein, wenn . . . ich ganz allein bin.«

Der Marquis wußte, daß das nicht wirklich eine Frage war, auf die sie eine Antwort erwartete. Und doch, noch ehe er nachgedacht hatte, hörte er sich selbst sagen:

»Ich werde Sie mit mir nach England zurücknehmen. Ich bin sicher, Sie haben Verwandte oder Freunde dort, die sich um Sie kümmern können.«

Als wäre sie sich erst jetzt seiner Anwesenheit bewußt, blickte Lucia zu ihm auf und fragte:

»Haben Sie . . . wirklich gesagt, Sie . . . würden mich nach . . . England zurückbringen?«

»Ja. Ich kehre selbst zurück, und Sie können mit mir kommen.«

»Ich . . . ich möchte Ihnen nicht zur Last fallen . . . aber ich kann auch nicht . . . allein hier . . . bleiben.«

Jetzt hörte er deutlich die Angst in ihrer Stimme, so wie am Morgen, als sie ihm auf der *Piazza* von den Männern erzählt hatte.

Er hatte gespürt, wie sehr sie sich gefürchtet hatte, als sie sie verfolgt hatten, weil sie so jung und hübsch war.

Er traf eilig seine Entscheidung, und wie üblich, wenn er sich zu etwas entschlossen hatte, wischte er jeden Einwand beiseite.

»Holen Sie Ihren Hut oder was immer Sie auf dem Kopf tragen«, befahl er. »Ich bringe Sie jetzt sofort in meinen *Palazzo.* Ich werde die Beerdigung Ihres Vaters in die Wege leiten. Überlassen Sie nur einfach alles mir.«

Er spürte, wie sie zitterte, als sie sagte:

»Danke . . . ich hätte nicht . . . gewußt, was ich . . . tun muß.«

»Darüber bin ich mir klar. Überlassen Sie also einfach alles mir.«

Sie sah ihn an, und er mußte feststellen, daß ihre Augen noch immer feucht waren von den Tränen, die auch über ihr Gesicht gelaufen waren. Und doch war sie, im Gegensatz zu den meisten Frauen, wenn sie geweint haben, hübscher als zuvor.

»Kann ich es . . . denn zulassen, daß Sie . . . so freundlich sind?« stammelte sie.

»Das ist keine Frage des Zulassens«, erwiderte der Marquis, »das ist meine Absicht. Es hat keinen Sinn, daß Sie allein hierbleiben und sich nur aufregen. Ich werde alles arrangieren.«

Sie sah ihn lange an, als könnte sie kaum glauben, was er da gesagt hatte.

Dann entschlüpfte sie dem Schutz seiner Arme und fiel neben dem Bett auf die Knie.

Sie beugte den Kopf, und der Marquis wußte, daß sie für die Seele ihres Vaters betete und wußte, daß er, wo immer er jetzt sein mochte, mit ihrer Mutter beisammen war.

Sie waren glücklich, vor allem, weil sich jemand um ihre Tochter kümmerte.

Er hatte keine Ahnung, wie es kam, daß er all das wußte.

Er war sich nur bewußt, daß es fast so war, als hätte Bernard Beaumont tatsächlich zu ihm gesagt: »Sorgen Sie für Lucia«, und das war etwas, was er jetzt einfach tun mußte.

Dennoch fragte ein zynischer Teil seines Verstandes, ob er überhaupt begriff, was er da tat, und warum er sich mit einem Bettelmädchen belasten wollte, das er erst am Morgen dieses Tages kennengelernt hatte?

Wenn er vernünftig war, würde er ihr einfach genug Geld geben, um nach England zu reisen, und sie dann vergessen.

Doch als er dann auf Lucias gesenkten Kopf herabschaute, erschien ihm seine Helligkeit irgendwie merkwürdig vor der Dunkelheit der ungestrichenen Wände und des teppichlosen Bodens.

Sie mit ihrem toten Vater neben sich, das war eine Situation, in der er sich nie zuvor befunden hatte, und er hatte bestimmt nicht damit gerechnet.

Dennoch war es so gekommen, und so, wie auch Beaumonts Bilder eine Offenbarung gewesen waren, so war er jetzt über sich selbst und sein Verhalten erstaunt.

Er wußte: Wenn er Lucia nach England zurückbrachte, dann konnte das weitreichende Folgen für ihn haben.

»Ich mache einen Fehler«, sagte ihm sein Verstand.

Und doch, als er Lucia wieder ansah, wußte er, daß er sie nicht im Stich lassen konnte.

Das wäre unfreundlich und unfair, brachte er zu seiner eigenen Verteidigung vor.

Sein Verstand fragte ihn, ob es denn in Venedig kein britisches Konsulat gab, das sich der Situation annehmen konnte, vor allem dann, wenn er dem Mädchen genug Geld für die Heimreise geben würde.

»Das sollte ich eigentlich tun«, dachte sich der Marquis.

In diesem Augenblick hob Lucia den Kopf, und er bemerkte, daß sie nicht mehr weinte.

Aber als sie erst ihren Vater ansah und dann den Blick zu der Decke über sich hob, stand ein Licht in ihren Augen und ein Ausdruck auf ihrem Gesicht, der dem Marquis den Atem verschlug.

Es war, als sähe sie eine Vision, und weil er auf merkwürdige Weise auf sie eingestimmt war, konnte er sie ebenfalls sehen.

Einen Augenblick lang war sie nicht auf der Erde, sondern in einer Welt der Geister, in die ihre Gebete und die Liebe zu ihrem Vater sie geführt hatten.

Ein göttliches Licht schien durch ihren Körper zu vibrieren und schenkte ihr ein Strahlen, das, wie der Marquis wußte, auch von den Bildern ihres Vaters ausging.

Als er Lucia ansah, schien ihr Gesicht durchscheinend, und er war überzeugt, daß es ihn keineswegs überraschen würde, wenn sie sich jetzt langsam vor seinen Augen auflösen würde.

Dann, als hätte sie die Sphären verlassen, in die ihre Gebete und ihre Liebe sie geführt hatten, kam sie auf die Erde zurück.

Das Leuchten in ihren Augen verging, wich einem Ausdruck von Kummer und dem Leid über ihren Verlust.

Noch einmal blickte sie auf ihren Vater, ehe sie sich bückte, und ihn sanft auf die kalte Wange küßte.

Langsam stand sie auf, und erst jetzt schien sie sich plötzlich bewußt zu werden, daß der Marquis da war und auf sie wartete.

Wie ein Kind, das Trost sucht, schob sie ihre Hand in seine und flüsterte, den Blick noch immer auf ihren Vater geheftet:

»Er . . . ist jetzt . . . bei Gott.«

Sie sprach leise, fast unhörbar, und als sich die Finger des Marquis um ihre Hand schlossen, erwiderte er mit einer Stimme, die er selbst nicht erkannte:

»Natürlich ist er das – und bei Ihrer Mutter!«

Der Marquis zog Lucia durchs Zimmer zu dem provisorischen Wandschirm, hinter dem sie, wie er bei seinem ersten Besuch gefühlt hatte, schlief und ihre Kleider und ihren Besitz aufbewahrte.

»Nehmen Sie mit, was Sie jetzt sofort brauchen«, sagte er leise. »Ich werde später jemanden schicken, der den Rest zusammenpackt.«

Ein wenig unsicher schaute sie ihn an. Und wieder – weil er fühlte, was in ihr vorging – wußte er, wie schwer es ihr fiel, in die Realität zurückzukehren.

»Sind Sie sicher . . . daß Sie . . . das auch wirklich . . . wollen?«

»Ganz sicher!« erklärte er entschieden. »Wie Sie selbst wissen, gibt es hier jetzt nichts mehr, was Sie hält.«

»Vielleicht sollte ich . . . Papa nicht verlassen.«

»Ich glaube, Sie wissen, daß er Sie nicht braucht, und er würde Ihnen befehlen, mit mir zu gehen.«

Als hätte er sie überzeugt, ließ Lucia seine Hand los und trat hinter den Schirm.

Der Marquis sah sich im Speicher um, und als würde er ihn zum erstenmal sehen, dachte er, wie widersinnig es war, daß ein so schäbiger, trostloser Ort Lucia und die Gemälde, die Beaumont gemalt hatte, beheimatet hatte.

Er dachte, wenn sie beide gegangen waren, würde nichts weiter zurückbleiben als der Tod; dann war er selbst über seine Gedanken erstaunt.

Lucia trat hinter dem Wandschirm hervor. Sie hatte ein leichtes Tuch um die Schultern geschlungen und einen schlichten, mit blauen Bändern besetzten Hut aufgesetzt.

Er fand es vernünftig, daß sie nicht darauf bestand, im Augenblick des Todes ihres Vaters Schwarz zu tragen.

Er erinnerte sich an Frauen, die er in London gekannt hatte, die sich schon in Trauerkleidung gestürzt hatten, noch ehe ihr Ehemann kalt war, in dem Bemühen, ihren Schmerz zu dramatisieren.

»Ich bin . . . fertig«, murmelte Lucia. »Aber . . . ich muß

noch einmal . . . fragen, ob . . . Sie auch ganz sicher . . . sind, daß Sie wollen, daß . . . ich mit Ihnen . . . komme?«

»Ich bin nicht nur ganz sicher, sondern ich beabsichtige, Sie mitzunehmen«, beruhigte sie der Marquis.

Als er sprach, nahm er wieder ihre Hand und zog sie zur Tür. Dort warf Lucia noch einen letzten Blick auf ihren Vater.

Dann, als müßte sie sich zwingen, sich ganz normal zu vehalten, und die Tränen unterdrücken, ging sie neben dem Marquis die Treppe hinab.

Als sie Seite an Seite auf den weichen Sitzen in seiner Gondel saßen, sagte sie ganz leise:

»Wenn Sie . . . Papas Begräbnis . . . arrangieren, ziehen Sie . . . dann die Kosten bitte . . . von dem ab, was Sie uns . . . für seine Bilder geben wollten.«

Es war das erste, was sie sagte, seit sie das Haus verlassen hatten, und es rief ein leises Lächeln auf den Lippen des Marquis hervor.

Er hatte irgendwie erwartet, daß Lucia das sagen würde, und er war sich bewußt, wie sehr sie versuchte, ihm nicht mehr zur Last zu fallen, als es unbedingt nötig war.

Er dachte an all die Frauen, die er je kennengelernt hatte, die von ihm erwartet hatten, daß er für alles aufkam, was sie anging, nur, weil er so reich war.

Jetzt schoß ihm der Gedanke durch den Kopf, daß Francesca heute abend darauf warten würde, das Smaragdcollier zu bekommen, das er ihr versprochen hatte.

»Ich habe ja gesagt, überlassen Sie nur alles mir«, erwiderte er jetzt. »Ich freue mich schon darauf, wenn Sie die Bilder Ihres Vaters in meinem *Palazzo* einer ihnen angemessenen Umgebung, hängen sehen.«

Er sah, wie Lucias Augen aufleuchteten, ehe sie besorgt fragte:

»Sind . . . viele Leute dort? Und werden Sie es auch nicht . . . merkwürdig finden, wenn ich . . . mit Ihnen komme?«

»Es wird niemand dort sein, wenn wir ankommen«, beruhigte sie der Marquis.

Bei diesen Worten fiel ihm ein, daß Francesca später am Abend wiederkommen würde, aber darüber konnte er immer noch nachdenken.

Er fühlte, wie Lucia sich ein wenig entspannte, als sie erfuhr, daß sie keine Angst davor haben mußte, einer großen Zahl von Fremden gegenüberzustehen. Dann sagte sie:

»Werden Sie mir dann . . . bitte sagen . . . was ich tun und wie ich mich . . . genau verhalten muß? Mama hätte es . . . gewußt, aber . . . ich war nie in vornehmen Häusern, weder . . . in England noch hier . . . und ich weiß, daß ich . . . sehr dumm bin.«

»Seien Sie einfach Sie selbst«, antwortete der Marquis, »und ich verspreche Ihnen, ich werde Ihnen sagen, was Sie zu erwarten haben, damit Sie keine Angst haben müssen.«

»Danke.«

Ihr Ton drückte viel mehr aus als ihre Worte.

Sie waren jetzt auf dem *Canale Grande*, und als sie die Rialto- Brücke vor sich hatten, da erkannte der Marquis, daß sie sie so sah, wie ihr Vater sie gemalt hatte.

Es war fast, als könnte er mit ihren Augen sehen; alles glühte vor Leben – das Wasser, die *Palazzi*, die Brücke vor ihnen, die Gondeln.

Sogar die Menschen schienen zu leben und zu atmen und auf eine seltsame Art, die der Marquis nicht verstehen konnte, die Hand nach etwas auszustrecken, was höher und größer war als sie selbst.

Es ließ sich nur auf diese Weise erklären, wie Lucia ausgesehen hatte, als sie neben dem Bett ihres Vaters betete.

Er fragte sich, wie es kam, daß er so etwas wußte – oder besser spürte –, so, wie Lucia es fühlte, als sich ihre Hand in seine schob.

»Danke«, sagte sie noch einmal.

Dieses eine Wort schien, wie die Berührung ihrer Finger, die Vibrationen des Lebens auf ihn zu übertragen.

4

Der Beerdigungsgottesdienst in der kleinen anglikanischen Kirche Sankt Georg war sehr ruhig und bewegend.

Abgesehen von Lucia und dem Marquis gab es keine Trauergäste, und der Sarg ihres Vaters wurde in einer reich verzierten Bestattungsgondel, deren Dach in Schwarz und Silber gehalten war, überführt.

Der Besitzer des Hauses, in dem die Beaumonts den Speicher gemietet hatten, wollte den Toten so schnell wie möglich aus dem Haus entfernt wissen.

»Die Italiener glauben, es bringt Unglück, wenn ein Leichnam lange dort liegt«, erklärte Mr. Johnson die Eile. »Ich habe deshalb eingewilligt, eine Extrasumme zu bezahlen, damit das Begräbnis noch heute stattfinden kann. Zum Glück gibt es in diesem Teil der Welt immer Särge, die für solche Notfälle bereitgehalten werden.«

Der Marquis war an Einzelheiten nicht sonderlich interessiert, wußte aber, daß es für Lucia besser wäre, wenn sie sich keine Sorgen machen mußte, weil der Leichnam ihres Vaters allein in dem Speicher zurückgeblieben war.

So kam es, daß sie nach dem Mittagessen am folgenden Tag zusahen wie der Sarg Bernard Beaumonts die schäbige Treppe hinabgetragen und auf die schwarze Gondel geladen wurde, der sie dann den *Canale Grande* entlang zum *Campa San Vio* folgten.

Dem Marquis gefiel es, daß Lucia während des Gottesdienstes und des anschließenden Begräbnisses auf der Friedhofsinsel *San Michele* sehr tapfer war.

Sie hatte nicht geweint, und erst als der Sarg in die Erde gelassen wurde, bemerkte er, wie sie gegen die Tränen ankämpfte, und nahm ihre Hand.

Er fühlte, wie ihre Finger zitterten und bewunderte ihre Selbstbeherrschung.

Leidenschaftliche Gefühlsausbrüche und Zurschaustellung

menschlichen Kummers hatte er immer verabscheut, und er hatte genug dramatische Handlungen des Königs über sich ergehen lassen müssen, als er noch jung war, und die ihm wie er Alastair versichert hatte, für den Rest seines Lebens reichten.

Als sie den Friedhof verließen, hatte sich Lucia bei dem Priester mit leiser, ruhiger Stimme bedankt.

Der Marquis dachte, daß es nur wenige Frauen gab, ganz gleich, wie wohlerzogen oder aristokratisch sie sein mochten, die soviel Haltung bewahrt hätten.

Als sie von der Insel zur Stadt zurückkehrten, sagte er leise:

»Ihr Vater wäre stolz auf sie gewesen.«

»Ich . . . hoffe es«, antwortete Lucia. »Aber ich hatte . . . nicht das Gefühl, daß es . . . Papa war, der . . . beerdigt worden ist . . . sondern nur sein Körper.«

Sie sprach fast wie zu sich selbst, und der Marquis sagte:

»Jetzt müssen Sie an sich und Ihre Zukunft denken.«

Sie antwortete nicht, sondern schaute nur auf den Weg, den sie gingen, und er begriff, wie erschreckend es für sie sein mußte, unter solchen Umständen ganz allein unter Fremden zurückzubleiben.

Er vermutete jedoch, daß sie Verwandte in England hatte, und nahm sich vor, später mit ihr darüber zu sprechen und ihr bei der Entscheidung zu helfen, mit wem sie sich in Verbindung setzen sollte, ehe sie wieder in ihre Heimat zurückkehrte.

Im Augenblick jedoch war es wohl das Beste, von anderen Dingen zu sprechen, und ein Thema lag auf der Hand: Venedig.

Der Sonnenschein, der auf der Lagune lag, ließ sie unwirklich, wie der Teil eines Märchens aussehen.

Wohin der Marquis auch sah entdeckte er das Licht, das Beaumont auf der Leinwand unsterblich gemacht hatte, wie Bellini, Carpaccio, Tiepolo und Canaletto es vor ihm versucht hatten.

Es gab keinen Zweifel daran, daß das Licht in Venedig

anders war als überall sonst. Es war ein besonders klares Licht, aber niemals so scharf wie das in Griechenland.

Am Abend konnte es einen seltenen, apricot-farbenen Hauch aufweisen. Aber wie immer es auch aussah, zu welcher Zeit des Tages auch immer, der Marquis mußte zugeben, daß es einen geheimnisvollen Zauber besaß.

»Das ist das Geheimnis der Poesie«, sagte er sich und dachte, daß dieselben Worte auch für Lucia galten.

Aus seinen Gedanken heraus fragte er sie:

»Haben Sie je versucht zu malen?«

Lucia blickte ihn erst nach einer Weile an, als käme sie aus weiter Ferne zurück.

»Ich habe kein . . . Talent dafür, so wie . . . Papa.«

»Worin sind Sie dann gut?«

»Sie meinen, weil ich mir meinen Lebensunterhalt verdienen muß«, bemerkte sie. »Darüber habe ich mir auch schon Gedanken gemacht.«

Sie machte eine kurze Pause, ehe sie sagte:

»Ich spreche mehrere Sprachen. Ich kann Klavier spielen, aber nicht gut genug, um mir damit Geld zu verdienen. Ich kann reiten, ganz gleich, wie widerspenstig das Pferd auch ist, und wenn es sein muß, kann ich nähen.«

Sie lachte ein wenig, als sie hinzufügte:

»Nicht gerade eine sehr eindrucksvolle Liste meiner Fertigkeiten, angesichts all der Jahre, die ich mit Lesen und Lernen verbracht habe. Ehrlich gesagt, ich schäme mich deshalb.«

Der Marquis antwortete nicht.

Er fand, daß all diese Dinge bei einer jungen Dame der vornehmen Gesellschaft bewundernswert waren, aber nichts davon würde Lucia befähigen, Geld zu verdienen.

Dann sagte sie:

»Ich vergaß zu erwähnen, daß ich kochen kann, und Papa war sehr wählerisch mit dem, was er aß. Aber ich glaube kaum, daß mich irgend jemand in der Küche beschäftigen wird.«

Die Vorstellung, wie Lucia über einem heißen Herd schuftete oder sich bemühte, sich den Küchenhelfern gegenüber durchzusetzen, die der Marquis schon immer für einen rauhen Haufen gehalten hatte, war lächerlich, daher sagte er:

»Es wäre offensichtlich unmöglich für Sie, eine so untergeordnete Stellung anzunehmen.«

»Ich weiß nicht, warum Sie das sagen«, erwiderte sie. »Ich habe für Papa gesorgt und mußte natürlich die Räume putzen, in denen wir gewohnt haben, und für ihn kochen, wenn wir uns etwas zu Essen leisten konnten.«

»Ich glaube, sie diskutieren nur um des Diskutierens willen«, meinte der Marquis lächelnd. »Ich werde etwas Besseres für Sie finden. Sie können es mir überlassen.«

»Ich habe Ihnen noch nicht . . . dafür gedankt, daß Sie . . . sich um Papas Begräbnis . . . gekümmert haben«, stammelte Lucia leise. »Es war sehr . . . schön und . . .«

Sie verstummte. Dann meinte sie mit einem schmerzlichen Klang in der Stimme:

»Wenn Sie nicht gewesen wären, hätte er nur ein Armengrab bekommen, und das wäre entsetzlich und beschämend gewesen.«

»Aber ich war ja da, und – wie Sie selbst schon gesagt haben – ich bin gerade zur rechten Zeit gekommen, also war es offensichtlich so vorherbestimmt. Hören Sie also auf, sich darüber Gedanken zu machen, was Sie getan hätten, wenn die Dinge anders gelaufen wären.«

»Ich muß es versuchen«, stimmte Lucia leise zu.

Wieder schaute sie geradeaus, und der Marquis, der ihr Profil vor dem Hintergrund des Wassers sah, dachte bei sich, daß Beaumont einer sehr guten Familie entstammen mußte, so wie er ausgesehen hatte.

Er versuchte sich zu erinnern, ob er den Namen Beaumont schon einmal gehört hatte, aber ihm fiel nichts ein.

Wenn ich die Gelegenheit habe, werde ich mit ihr über ihre Familie sprechen, beschloß er, aber jetzt ist nicht der richtige Augenblick.

Er hatte erwartet, daß sie zur Beerdigung ihres Vaters

Schwarz tragen würde, auch wenn es ein sehr heißer Tag war. Das unscheinbare Kleid, in dem er sie das erstemal gesehen hatte, war auch schwarz gewesen.

Aber zu seiner Überraschung trug sie ein Kleid aus weißem Musselin, das nicht neu und nicht teuer war, aber guten Geschmack bewies.

Weiße Bänder schmückten ihren Hut, und als spüre Lucia, daß er sie überrascht ansah, als sie das Zimmer betrat, in dem er auf sie wartete, sagte sie:

»Ich . . . ich hoffe, Sie halten es nicht für . . . sonderbar, daß ich nicht . . . schwarz trage, aber . . . Papa hat das gehaßt.«

Der Marquis zog die Brauen hoch, und sie fuhr fort:

»Er hat nicht an den Tod geglaubt. Für ihn war alles lebendig, deshalb hat er auch so gemalt, wie er es tat . . . Als Mama gestorben ist, hat er . . . nicht zugelassen, daß ich schwarz trage, weil er fand . . . es wäre eine Beleidigung unseres Glaubens daran, daß wir sie . . . wiedersehen würden.«

Der Marquis hatte das Gefühl, noch nie in seinem Leben etwas, das sich auf das Leben nach dem Tode bezog, so gut ausgedrückt gehört zu haben.

Obwohl er oft daran gezweifelt hatte, daß Himmel oder Hölle existierten, und sich gefragt hatte, ob es ein Leben nach dem Tode gab, fand er die Art, wie Lucia jetzt gesprochen hatte, sehr bewegend.

Also sagte er, was sie erwartete:

»Ich bin sicher, daß Ihr Vater recht hatte, und ich bin auch sicher, daß Sie genauso aussehen, wie er es sich an einem so schönen Tag gewünscht haben würde.«

»Ich dachte mir schon . . . daß Sie es . . . verstehen würden«, murmelte sie leise.

Dann ging sie an seiner Seite die Treppe hinunter zu der Gondel, die bereits auf sie wartete.

Als sie jetzt auf dem *Canale Grande* dahinfuhren, ertappte sich der Marquis bei dem Gedanken, wie schön sie erst aussehen würde, wenn sie von einem der großen Couturiers eingekleidet worden wäre, die die schönen Frauen von London anzogen als wären sie Königinnen.

Er spürte den Wunsch, Lucia – aus einem rein künstlerischen Interesse heraus – in Gewändern aus Samt und Seide, mit Gold und Silber bestickt, und mit Blumenkränzen im Haar zu sehen; Blumen, die auch den Saum ihrer Kleider schmückten.

Er war sich ganz sicher, daß ihre Schönheit selbst so, wie sie jetzt war, Aufmerksamkeit erregen würde, einfach deshalb, weil sie ganz anders war.

Aber gut gekleidet würde sie eine Sensation darstellen, sie würde alle anderen *Incomparables* und die Schönen der Gesellschaft in den Schatten stellen.

Er fragte sich, ob nicht sie, vor dem Hintergrund Venedigs, ihn verzaubert hatte, genauso wie die Bilder ihres Vaters ihn verzaubert hatten, auf eine Art und Weise, die niemand sonst gutheißen würde.

Als wüßte sie, daß er über sie nachdachte, wandte sich Lucia zu ihm um und sagte:

»Sie haben . . . Ihre Meinung . . . nicht geändert, Mylord? Sie möchten nicht lieber, daß ich . . . in einem Schiff nach England fahre . . . anstatt Ihnen in Ihrem . . . *Palazzo* zur . . . Last zu fallen?«

»Ich habe Ihnen bereits gesagt, daß es keine Last für mich bedeutet«, antwortete der Marquis, »und ich habe die Absicht, Sie sicher nach England zu bringen. Ich habe das Gefühl, Lucia, daß Sie es allein nicht schaffen werden.«

Sie schauderte leicht.

»Es wäre . . . sehr erschreckend. Andererseits habe ich mir gedacht, daß ich jetzt . . . wo ich Papa und Mama verloren habe . . . lernen muß, tüchtig und tapfer zu sein . . . und Sie haben ganz recht, ich . . . muß irgendeine Arbeit finden.«

»Ich hätte dieses Thema nicht anschneiden sollen«, schalt sich der Marquis, »weil wir zuerst noch über viele Dinge reden müssen, und außerdem wird es noch einige Zeit dauern, bis wir in England sind.«

»Trotzdem, die Frage stellt sich nun einmal«, erklärte Lucia in praktischem Ton, »und ich muß darüber nachdenken, was ich tun kann, und mich darauf einstellen, es zu tun.«

Sie schwieg eine Weile. Dann, fast als spräche sie zu sich selbst, sagte sie:

»Ich hatte sehr kluge Lehrer, die mich unterrichtet haben. Mama wollte keine Gouvernante. Sie sagte, sie hätte immer Mitleid mit ihnen gehabt, weil sie nirgends hinzuzugehören schienen.«

»Das ist richtig«, stimmte der Marquis zu. »Aber ich glaube, Lucia, Sie sind zu jung für eine Gouvernante.«

»Das mag sein, aber ich hatte eine viel bessere Ausbildung als die meisten Gouvernanten.«

Sie hatte den Eindruck, er würde sie skeptisch mustern, und so sagte sie:

»Papa hat darauf bestanden, daß ich ebensogut lesen und ebensoviel wissen sollte, wie er und Mama. Er hat in Oxford studiert, und Mama war so klug, daß Papa immer gewünscht hat, sie würde ein Buch schreiben.«

»Warum hat sie das nicht getan?«

Lucia lachte nur.

»Sie weigerte sich, Zeit zu verschwenden, die sie mit Papa und mir verbringen konnte. Aber ich glaube, wenn Papa zuerst gestorben wäre, dann hätte sie es getan.«

»Worüber hätte sie geschrieben?«

»Es gab Dutzende von Themen, in denen sie sich gut auskannte, wie zum Beispiel Philosophie, die Sitten der Ureinwohner Europas, die untergeordnete Stellung der Frau überall auf der Welt.«

Der Marquis war erstaunt.

»Wie konnte Ihre Mutter über diese Dinge Bescheid wissen?« erkundigte er sich.

Zu seiner Überraschung wandte sich Lucia von ihm ab, anstatt ihm eine Erklärung zu geben, und wie schon einmal zuvor breitete sich eine leichte Röte auf ihren blassen Wangen aus.

Ohne daß sie es hätte sagen müssen, wußte er, daß sie fand, sie hätte bereits zuviel gesagt, und anstatt seine Frage zu beantworten, meinte sie jetzt nur:

»Ich finde, der *Canale Grande* sieht von hier aus schöner aus als irgendwo sonst.«

Es stimmte tatsächlich, was sie sagte, denn von der Stelle aus, an der sie sich jetzt befanden, zog sich die lange, gewundene Linie der hohen *Palazzos* bis zur Rialtobrücke hin, die schon Hunderte von Künstlern gemalt hatten.

Der Marquis wollte sich gerade beklagen, daß sie seiner Frage auswich. Doch dann hielt er das für einen Fehler. Er wollte sie am heutigen Tag nicht noch mehr aufregen, wo sie gerade erst die Beerdigung ihres Vaters verwinden mußte.

Statt dessen stimmte er dem zu, was sie gesagt hatte, und ein paar Minuten später trafen sie am *Palazzo* ein.

Sie gingen die Treppe hinauf, und Lucia begab sich unverzüglich in ihr Zimmer, um ihren Hut abzunehmen.

Es dauerte eine Weile, ehe sie sich wieder zum Marquis in der schönen Bibliothek gesellte, wo er die Gemälde ihres Vaters hatte aufhängen lassen.

Er betrachtete eines von ihnen und stellte erneut fest, daß das Licht, das Beaumont mit dem Wasser und dem Himmel eingefangen hatte, fast zu vibrieren schien als Lucia ins Zimmer trat.

Sie trat neben ihn und sagte leise:

»Das ist mein Lieblingsbild von allen, die Papa gemalt hat. Als er damit fertig war, dachte ich, es würde zu mir sprechen.«

»Das dachte ich auch selbst gerade«, erwiderte der Marquis.

Sie warf ihm einen kurzen Blick zu, der ihm noch einmal zeigte, daß sie ihn für wundervoll hielt, weil er sie verstand, und erst jetzt sah er, daß sie geweint hatte.

Er sagte jedoch nichts dazu, sondern setzte sich auf das Sofa und meinte:

»Ich habe Anweisung gegeben, uns einen englischen Tee zu bereiten. Ich bin sicher, daß Sie ihn mögen, aber vielleicht ziehen Sie ein Glas Champagner vor?«

»Ich hätte lieber Tee«, antwortete Lucia.

Wenn es im Palazzo auch nicht die Art von Silber gab, an die der Marquis gewöhnt war, so war er doch mit der Art zufrieden, wie der Koch Sandwiches und kleine Kuchen vorbereitet hatte, und servieren ließ.

Lucia schenkte den Tee ein, und ihm fiel auf, daß sie das so graziös und geschickt machte, wie er es von einer Dame der Gesellschaft erwartet hätte.

Der Nachmittagstee war seit der Herrschaft von Queen Anne zu einem fast sakralen Ritus in England geworden, und der Marquis war oft erzürnt gewesen, wenn Frauen, die unter seinem Schutz standen, dieser Aufgabe nicht gewachsen waren.

Lucias Verhalten war jedoch makellos, und als sie an dem chinesischen Tee nippte, der auf der Yacht des Marquis mitgebracht worden war, aß sie dazu erst ein kleines Sandwich und dann ein Stückchen Kuchen.

Er betrachtete die Teller voller Delikatessen und meinte:

»Wenn Sie nicht zu schlank sein möchten, um noch zeitgemäß zu sein, dann werden Sie etwas mehr essen müssen als Sie es im Augenblick tun.«

Lucia lachte leise.

»Ich habe in meinem ganzen Leben nicht so viel gegessen, nicht einmal, als ich noch daheim war.«

»Sie müssen mir von Ihrem Daheim erzählen«, forderte der Marquis sie auf. »Sie haben bereits erzählt, daß Ihr Vater, ehe er England verließ, alles verkauft hat, was Sie besaßen. Aber ich nehme doch an, daß Sie ein paar Verwandte haben, die nur zu froh sein werden, Sie daheim willkommen zu heißen.«

Schweigen entstand. Dann antwortete Lucia:

»Sie . . . haben gesagt, wir . . . würden jetzt nicht darüber sprechen.«

»Es hat natürlich keine Eile«, stimmte der Marquis zu, »aber ich hielte es doch für klug, einer Tante, Cousine oder den Großeltern zu schreiben und ihnen mitzuteilen, wie die

Umstände sind, damit sie sich auf Ihre Ankunft vorbereiten können.«

Lucia starrte auf ihren Teller, und der Marquis, der sie beobachtete, fand, daß sie vor den Wänden der Bibliothek sehr jung und zerbrechlich aussah.

Vielleicht war es nur der Eindruck, den ihr helles Haar und die fast durchsichtig weiße Haut hervorriefen, aber er hatte das Gefühl, daß sie zu unwirklich war, um mit irgend etwas fertig zu werden, einschließlich ihrer eigenen Zukunft.

Dann sagte er sich, daß er sich lächerlich benahm.

Sie war dünn, weil sie zu wenig gegessen hatte, weil sie ihren Vater hatte pflegen müssen, aber davon abgesehen war sie zweifellos eine gesunde, junge Frau. Es war seine Pflicht, sie dazu zu bringen, sich dem zu stellen, was vor ihr lag.

Als begreife sie, daß er auf eine Antwort auf seine Frage wartete, sagte sie:

»Sie werden es . . . sonderbar finden, aber . . . ich habe . . . keine Verwandten!«

»Was soll das heißen, Sie haben keine Verwandten? Jeder hat Verwandte, ob er sie nun mag oder nicht!«

»Unglücklicherweise habe ich . . . niemanden!«

Sie sprach so entschieden, als wäre das Thema damit abgeschlossen, und der Marquis starrte sie fast verblüfft an.

»Ich kann das einfach nicht glauben.«

»Ich habe bereits gesagt, daß ich . . . Eurer Lordschaft nicht zur Last fallen will. Sie waren so freundlich zu sagen, Sie . . . würden mich nach England bringen, und wenn ich . . . dort bin, werde ich . . . schon einen Ort finden, wohin . . ich gehen kann.«

»Jetzt sind Sie lächerlich und geheimnistuerisch«, erklärte der Marquis wütend. »Sie wissen sehr wohl, daß ich eine solche Aussage nicht hinnehmen kann.«

»Ich werde . . . es schaffen.«

Der Marquis runzelte die Stirn.

»Ich weiß, Sie verlassen sich auf das Geld, das ich Ihnen für die Gemälde Ihres Vaters geben werde. Aber Sie müssen sich darüber klar sein, daß das nicht ewig halten wird. Außerdem, ein Mädchen Ihres Alters und mit Ihrem Aussehen kann nicht allein umherlaufen. Das ist unmöglich!«

»Mir wird schon nichts passieren, weil ich nach . . . Little Morden zurückkehren werde.«

»Obwohl Sie das Haus verkauft haben?«

»Es gibt da jemanden, bei dem ich bleiben kann.«

»Wer ist das?«

Er dachte, sie wollte es ihm nicht erzählen, aber nach einem Moment antwortete sie zögernd, als hätte er sie dazu gezwungen:

»Meine alte Kinderschwester. Als ich noch ein Kind war, hatte sie ein Häuschen im Dorf.«

Der Marquis sah Lucia an, als zweifelte er, ob sie ihm nun die Wahrheit erzählte oder sich seinetwegen eine Geschichte ausdachte.

Doch als er ihr dann in die Augen sah, wußte er, daß sie nicht lügen konnte, ohne daß er es merken würde, und sagte:

»Das ist höchstens für ein paar Wochen möglich. Sie können doch nicht den Rest Ihres Lebens in Little Morden verbringen.«

»Aber dort . . . bin ich sicher.«

Er wußte, daß dieses Wort ihr sehr viel bedeutete.

Als gäbe es zu diesem Thema nichts weiter zu sagen, fragte sie:

»Darf ich Ihnen noch eine Tasse Tee einschenken, Mylord?«

Als er ablehnte, schenkte sie sich selbst noch etwas ein.

Sie hatte gerade ihre Tasse wieder aufgenommen, als die Tür zur Bibliothek aufgerissen wurde und eine Vision in Seide, Federn und Juwelen hereinstürmte.

Es war Francesca. Als der Marquis sich langsam erhob, erkannte er an der Art ihres Eintretens und dem Ausdruck ihrer Augen, daß sie in einer ihrer dramatischen Stimmungen war.

Er hatte über so vieles nachzudenken gehabt, seit er mit Lucia nach dem Tod ihres Vaters in den *Palazzo* gekommen war, daß er Francesca fast vergessen hatte.

Jetzt schoß ihm der Gedanke durch den Kopf, daß sie entsetzlich verärgert gewesen sein mußte, weil er am Vorabend nicht in die Oper gekommen war und sie auch nicht zum Essen ausgeführt hatte, wie sie es erwartet hatte.

Statt dessen hatte er, ehe er allein mit Lucia im *Palazzo* gegessen hatte, eine Nachricht ins Theater geschickt und sich bei Francesca entschuldigt, weil er sie an diesem Abend nicht ausführen konnte.

Er hatte Mr. Johnson aufgetragen dafür zu sorgen, daß der Bote zusammen mit der Nachricht einen großen Korb Orchideen mitnahm.

Dann hatte er Francesca mehr oder weniger vergessen, während er sich beim Abendessen mit Lucia unterhielt, denn er war fasziniert gewesen, wieviel sie über Malerei, über Gemälde und Künstler wußte.

Sie hatte nicht übertrieben als sie erklärte, sie wäre sehr belesen. Er hatte Jaachin du Blellay zitiert, den großen Poeten der französischen Renaissance, und zwar auf Französisch, und sie hatte ihm mit Wordsworths Sonett geantwortet:

Men are we, and must grieve when even the Shade of that which once was great is passed away.

Er wußte, daß ihr Wissen von ihrem Vater stammte, aber der Marquis, den das Detail faszinierte, fand alles, was sie ihm erzählen konnte, so fesselnd, daß sie sich unterhalten hatten, bis er feststellte, daß es fast grausam war, sie so lange wach zu halten.

Deshalb hatte er sie zu Bett geschickt.

Doch er selbst fühlte sich angeregt und überhaupt nicht müde, und so hatte er eine Gondel gerufen und dem Gondoliere aufgetragen, ihn zum Kanal zu bringen.

Es war eine Nacht der Sterne und der Magie gewesen, und – wie die Venezianer zweifellos sagen würden – eine Nacht der Romantik.

Dem Marquis machte es nichts aus, allein zu sein.

Er hatte über vieles nachzudenken, und es war eine Erleichterung für ihn gewesen, dem Geschwätz der Stimmen und dem künstlichen Gelächter nicht lauschen zu müssen, das – wie er wußte – einen großen Teil der Party ausgemacht haben würde, die er mit Francesca besucht hätte.

Den ganzen Abend über hatte er keinen einzigen Gedanken an das *Teatro la Fenice* mit seinem vergoldeten, mit rosa Plüsch geschmückten Zuschauerraum unter einer Decke voller Cherubine verschwendet.

Er hätte in einer Loge sitzen sollen, mit einem Strauß roter Nelken auf dem Balkon, zu beiden Seiten von schönen Frauen in ihren Logen flankiert, in einem einzigen Gefunkel von Brillanten.

Rote, weiße und grüne Sträuße wären am Ende von Francescas Auftritt als Symbol auf die Bühne geworfen worden, und gelegentlich wäre der eine oder andere mit den Farben Österreichs gebunden gewesen, zum Vergnügen des Publikums, das sehen wollte, wie sie sie zornig beiseite trat.

Statt dessen war der Marquis ganz zufrieden und allein lange in der Lagune geblieben, und als er schließlich in den *Palazzo* zurückgekehrt war, hatte er von einem Diener erfahren, daß Francesca schon ein paar Stunden vorher heimgekommen war und jetzt bereits schlief.

Er hatte sie nicht wecken wollen und war nur froh gewesen bei dem Gedanken, daß sie keine Anforderungen an ihn stellen würde.

So war er allein zu Bett gegangen und hatte friedlich geschlafen, war wie üblich früh aufgewacht und hatte, wie auch am Vortag, einen Spaziergang gemacht, denn er brauchte die Bewegung.

Diesmal hatte ihn keine Lucia angesprochen, als er seinen Morgenspaziergang mit einer Tasse Kaffee im »Florian« beendet hatte.

Als er heimkam, wartete Mr. Johnson auf ihn, der ihn informierte, daß die Vorkehrungen für die Beerdigung getroffen waren und es ihm überließ, Lucia zu sagen, wann sie stattfinden würde.

Bei seiner Rückkehr hatte er zu seiner Erleichterung vernommen, daß Francesca zu einer weiteren Probe aufgebrochen war, und so hatte er sie bis zu diesem Augenblick nicht mehr gesehen.

Nach ihrem dramatischen Eintritt blieb sie kurz in der Tür stehen, als wollte sie sichergehen, daß das Publikum ihr seine ganze Aufmerksamkeit schenkte, ehe sie auf ihn zuging. Doch dabei ruhte ihr Blick nicht auf ihm, sondern auf Lucia.

»Ich habe bereits gehört, daß du noch einen anderen Gast hast!«

Es war keine Aussage, sondern ein Vorwurf.

»Guten Tag, Francesca!« sagte der Marquis. »Darf ich dir Miss Beaumont vorstellen, eine Engländerin, deren Vater, wie du wohl schon erfahren hast – ein sehr talentierter Maler – vor zwei Tagen leider verstorben ist.«

»Wie angenehm, daß Sie, Mylord, gerade dort waren, um sie zu trösten!« bemerkte Francesca sarkastisch.

Der Marquis erkannte, daß sie Schwierigkeiten machen würde. Da er eine Szene vermeiden wollte, meinte er hastig:

»Du mußt eine sehr anstrengende Probe hinter dir haben. Möchtest du eine Tasse Tee? Oder darf ich dir ein Glas Champagner anbieten?«

»Ich will nichts anderes als eine Erklärung!« gab Francesca zurück. »Wie konntest du mich gestern abend so vernachlässigen, nicht mit mir zu essen, wie du es mir versprochen hattest? Und als ich dann zurückkam, warst du nicht einmal hier!«

Die letzten Worte spie sie ihm fast entgegen, und der Marquis begriff, daß sie, wann immer er nicht im *Palazzo* war, vermutete, daß er nicht allein wäre.

Er ärgerte sich über die Art, wie sie ihn angriff, und sagte:

»Ich würde vorschlagen, Francesca, daß wir darüber reden, wenn wir allein sind.«

Lucia war die Sache peinlich, und so stand sie auf und erklärte:

»Ich . . . werde auf . . . mein Zimmer gehen, Mylord.«

»*Ihr* Zimmer?« kreischte Francesca. »Ich nehme an, es ist dann wohl jetzt auch *Ihr* Palazzo, und der Marquis ist *Ihr* Liebhaber, weil er für mich keine weitere Verwendung mehr hat!«

Ihre Stimme erhob sich zu einem hysterischen Schrei, und Lucia starrte sie mit aufgerissenen Augen wie hypnotisiert an.

Sie war so verwirrt von dem Auftauchen der Sängerin und der Art, wie sie sprach, daß sie noch immer ihre Tasse in der Hand hielt, als sie sich schon erhoben hatte, um zu gehen.

Jetzt erklärte der Marquis in scharfem Ton:

»Es ist nicht nötig, daß Sie gehen, Lucia. *Signorina* Rosso und ich werden anderswo miteinander reden.«

Er sprach so entschieden, daß Lucia Francesca nur weiterhin anstarrte und blieb, wo sie war.

»Ich habe nicht die Absicht, anderswo mit Ihnen zu sprechen, Mylord, als hier!« erklärte Francesca. »Ich verlange eine Erklärung. Was habe ich getan? Was habe ich gesagt? Und warum haben Sie sich so verändert?«

Sie breitete in einer dramatischen Geste die Arme aus.

»Man hat mich vergessen – vernachlässigt. Ich habe nicht einmal den Trost, daß ich die Kette tragen kann, die du mir versprochen hast. Und ich dachte, ein Engländer würde sein Wort niemals brechen!«

Sie war übertrieben dramatisch und verhielt sich, als stände sie auf der Bühne.

Während er ihr zuhörte, begriff der Marquis, daß alles auf zwei Dingen beruhte: Er war nicht in ihr Zimmer gekommen, um mit ihr zu schlafen wie sie es erwartet hatte, und das Smaragdcollier hatte sie noch nicht erhalten.

Mit eisigem Unterton in der Stimme, von dem Alastair gewußt hätte, daß er anzeigte, daß seine Wut zunahm, antwortete er jetzt:

»Ich breche mein Wort nicht, Francesca. Die Kette, die ich dir versprochen habe, soll dir gehören, aber da ich es nicht gerne sehe, in meinem eigenen Haus beschimpft zu werden, würde ich sagen, du fühlst dich in deiner Wohnung gewiß wohler.«

Francesca stieß einen Schrei aus, der im Raum widerhallte. »Wagst du es etwa, mich hinauszuwerfen?«

»Ich denke nur an deine Bequemlichkeit«, erwiderte der Marquis, »die ich dir offensichtlich nicht habe bieten können.«

Francesca schrie noch einmal auf und trat näher zu ihm, so daß sie sich über den kleinen Teetisch hinweg ansahen.

»Wenn du es wagst, so etwas mir – Francesca Rosso – anzutun, dann wird es dir noch leid tun! Ich bin in meinem ganzen Leben noch von keinem Mann so beleidigt worden!«

»Es tut mir leid, wenn es dir so vorkommt, Francesca, aber ich muß dich doch bitten, dieser äußerst unschönen Tirade ein Ende zu machen. Wenn du nicht bereit bist, in einem anderen Zimmer vernünftig mit mir zu reden, dann wäre es wohl das beste, wenn ich dich allein lasse, damit du deinen vollkommen unnötigen Zorn ablegen kannst.«

Er machte Anstalten, davonzugehen, hatte aber alles andere als die Absicht, Francesca und Lucia allein zu lassen.

Francesca machte eine Geste, als wollte sie ihn zurückhalten.

»Du wirst mich nicht verlassen! Ich lasse mich nicht zum Gespött von Venedig machen, nur weil du keine weitere Verwendung mehr für mich hast! Du sollst bezahlen – oh ja, Mylord – du wirst dafür bezahlen, daß du das einer Frau angetan hast, die dir ihr Herz geschenkt hat!«

Bei diesen Worten fuhr sie sich mit der Hand in den tiefen Ausschnitt ihres Kleides und zog flink ein langes, dünnes Stilett hervor.

Es funkelte im Licht, das durch das Fenster einfiel, und strahlte etwas ausgesprochen Teuflisches aus.

Sie hob es mit der dramatischen Geste, die sie hundertmal auf der Bühne geprobt hatte, und zielte dann mit aller Kraft auf das Herz des Marquis.

Da er in seinen wildesten Träumen niemals mit etwas Derartigem gerechnet hatte, war er für einen Augenblick wie erstarrt.

Doch als Lucia, die zusah, begriff, was die Venezianerin beabsichtigte, schüttete sie den Inhalt ihrer Tasse instinktiv und ohne nachzudenken in Francescas Gesicht.

Der heiße Tee blendete sie, lenkte den Stich ab – der den Marquis leicht hätte töten können – und zerfetzte nur seine Jacke dicht unterhalb der Schulter.

Im selben Augenblick, als der Marquis wieder aus seiner Erstarrung erwachte, packte er mit der Rechten Francescas Handgelenk und zwang sie, das Stilett zu Boden fallen zu lassen.

Sie stieß zuerst einen Schmerzensschrei aus, ehe sie in hysterisches Schluchzen ausbrach und in einen Sessel sank, schreiend, lachend und weinend zugleich.

Lucia stand mit der leeren Tasse in der Hand da, unfähig, auch nur zu atmen. Erst dann sagte der Marquis leise und ruhig:

»Gehen Sie in Ihr Zimmer, Lucia!«

Sie stellte ihre Tasse ab.

»Sie sind . . . verletzt.«

»Das ist nur ein Kratzer. Tun Sie, was ich Ihnen sage.«

Er war aufgrund des Lärmes, den Francesca machte, kaum zu hören, aber Lucia verstand ihn.

Als wäre sie zu erschreckt um zu bleiben und wollte außerdem einer häßlichen, unerfreulichen Sache entfliehen, lief sie flink wie eine kleines, schutzsuchendes Tier aus dem Zimmer.

Der Marquis wartete, bis sie außer Sichtweite war. Dann sagte er scharf:

»Benimm dich, Francesca! Ich bin entsetzt über dein Verhalten, und wenn du mich getötet hättest, dann hätte das internationale Folgen gehabt, die dich sicherlich deine Karriere gekostet hätten.«

Franceca preßte die Lippen zusammen, ehe sie in verändertem Ton sagte:

»Wie kannst du so grausam zu mir sein? Du hast mir das Herz gebrochen!«

»Ich würde sagen, das Geschenk, das ich dir mache, wenn du dich anständig beträgst, wird das mehr als aufwiegen.«

Der Marquis sprach kalt und mit einer festen Stimme, die klarer als Worte seinen Abscheu über das, was geschehen war, zeigten.

Als bedauerte Francesca, daß sie die Beherrschung verloren hatte, sagte sie jetzt mit übertriebener Bescheidenheit:

»Vergib mir! Es ist doch nur, weil ich dich liebe und es nicht ertragen kann, dich an eine andere Frau zu verlieren. Nur deshalb konnte ich meinen Kummer nicht verbergen.«

»Ich glaube kaum, daß dies einen Mord rechtfertigen würde«, erwiderte der Marquis.

Er hob das Stilett vom Boden auf, trat ans offene Fenster und schleuderte es in den Kanal.

Dann ging er zum Kamin und läutete einem Diener.

Francesca blieb reglos sitzen und beobachtete ihn.

Langsam nahm sie ihren federgeschmückten Hut ab und strich sich das dunkle Haar zurecht.

Die Tür wurde geöffnet und der Marquis sagte:

»*Signorina* Rosso muß unverzüglich gehen! Lassen Sie ihre Sachen packen, sie können ihr in einer anderen Gondel nachgebracht werden.«

Der Marquis sprach italienisch, und der Diener nickte zum Zeichen, daß er verstanden hatte, ehe er die Tür schloß.

Francesca wartete einen Moment. Dann sprang sie auf die Füße und rannte zum Marquis, um ihm die Arme um den Hals zu werfen.

»Verzeih mir«, flehte sie. »Ich liebe dich von ganzem Herzen. Du kannst mich nicht einfach fortschicken! Ich schwöre dir, ich sterbe, wenn du das tust!«

Der Marquis löste ihre Hände von seinem Hals.

»Es hat keinen Sinn, Francesca. Du bist klug genug zu begreifen, daß du nichts mehr ändern kannst, wenn der Vorhang gefallen ist. Ich werde dir jetzt etwas Geld geben.«

Er machte eine Pause, ehe er langsamer fortfuhr:

»Ob ich dir die Kette schenke oder nicht, ehe ich Venedig verlasse, hängt von deinem Verhalten ab. Weitere Szenen oder Mordversuche wie den von eben, und die Kette wird nicht gekauft.«

Francesca wußte, daß sie geschlagen war, und sie rauschte von ihm fort und zum Fenster, wobei sie vehement erklärte:

»Ich hasse dich.«

Der Marquis lächelte zynisch, antwortete aber nicht.

Statt dessen setzte er sich an den Schreibtisch und stellte einen Scheck aus, von dem er wußte, daß die Summe hoch genug war, um auch die gierigsten Ansprüche der Sängerin zu befriedigen.

Er durchquerte den Raum und reichte ihr das Papier. Als er den Ausdruck in ihren Augen sah, bemerkte er, daß die Höhe des Betrages sie überraschte.

»Ich nehme nicht an, daß du möchtest, daß ich mich bei dir bedanke?« murmelte sie.

Er wußte, daß sie sich immer noch überlegte, ob es irgendeine Möglichkeit für sie gab, ihn dazu zu bewegen, weiterhin ihr Geliebter zu bleiben.

Er hatte von ihren Wutausbrüchen im Theater gehört und wußte, daß sie sich nicht beherrschen konnte. Er begriff, daß sie ganz spontan gehandelt hatte, ohne die Konsequenzen zu bedenken, und daß sie jetzt bedauerte, einen so reichen Beschützer zu verlieren.

Er betrachtete sie nachdenklich. Es war ein Jammer, daß ihre Schönheit von einem Temperament verdorben wurde, über das sie keine Kontrolle besaß.

»Du mußt lernen zu handeln, Francesca«, erklärte er. »Sowohl auf der Bühne als auch privat, und du solltest dankbar sein, daß etwas so Prosaisches wie eine Tasse Tee dich davor bewahrt hat, in diesem Augenblick ins Gefängnis von Venedig gebracht zu werden, von dem es heißt, es sei kein sehr komfortabler Ort.«

Francesca zuckte mit den Achseln, aber es bestand kein

Zweifel daran, daß sie inzwischen bedauerte, was sie getan hatte.

Die Winkel ihres roten Mundes hingen nach unten, ihre Augen waren dunkel, und ein Ausdruck der Enttäuschung war jetzt dort zu sehen, wo eben noch Zorn und Leidenschaft feurig geblitzt hatten.

Der Marquis zog ihre Hand an die Lippen.

»Auf Wiedersehen, Francesca«, sagte er. »Ich danke dir für die glückliche Zeit, die wir miteinander verbracht haben. Vergiß in Zukunft nicht, dein Temperament zu zügeln wie ein wildes Pferd.«

Francesca stieß einen ziemlich realistischen Schluchzer aus.

»Ich möchte dich nicht verlieren. Und was soll ich nur sagen, wenn man über mich lacht, weil ich es getan habe?«

»Du kannst die Wahrheit sagen«, antwortete der Marquis, »nämlich, daß ich nach England zurückkehre, denn genau das werde ich tun.«

»Fährst du wirklich fort?«

»Auf der Stelle!« bestätigte er. »Es gibt nichts, was mich hier noch halten würde.«

Er ließ ihre Hand los, und obwohl sie versuchte, ihn zurückzuhalten, wandte er sich ab.

»Die Gondel wartet auf dich, Francesca.« Mit diesen Worten verließ er die Bibliothek und ließ sie allein.

Francesca machte eine Bewegung, als wollte sie ihm folgen. Doch als sie begriff, daß es hoffnungslos war, stampfte sie mit dem Fuß auf.

»Wie kann ich nur so dumm gewesen sein? Ich Närrin! Ich dreimal verfluchte Närrin!«

Sie wußte jedoch, daß sie das Unvermeidbare akzeptieren mußte, und so nahm sie ihren Hut von dem Stuhl, auf den sie ihn gelegt hatte, und setzte ihn auf ihr dunkles Haar.

An einer der Wände hing ein goldgerahmter Spiegel, und sie trat davor und arrangierte ihre Locken zu beiden Seiten des hübsch geschminkten Gesichts.

Dann lächelte sie ihrem Spiegelbild zu, und im selben Augenblick schienen ihre Augen zu funkeln.

»Wenn er abreist, werde ich schon morgen das Smaragdcollier besitzen«, tröstete sie sich selbst.

Mit hocherhobenem Kopf schritt sie mit der einstudierten Grazie, mit der sie sich auf der Bühne bewegte, aus der Bibliothek. Einer der Diener begleitete sie die Treppe hinunter zur Gondel, die auf sie wartete.

Als sie ihr Schlafzimmer erreichte, zitterte Lucia.

Nie im Leben hatte sie geglaubt, daß sich eine Frau so verhalten könnte, wie Francesca es getan hatte, oder daß sie einen Mann mit einer Waffe bedrohen könnte, von der Lucia nur zu gut wußte, daß sie den Marquis schwer hätte verletzen, wenn nicht sogar töten können.

Ihr Vater hatte ihr oft von den Stiletts erzählt, mit denen die Italiener ihre Fehden auszutragen pflegten, trotz der damit verbundenen Gefahr.

»Wir halten das Duellieren für gefährlich«, hatte er gesagt, »aber ich versichere dir, Stilette sind eine Erfindung des Teufels! Ich habe einmal einen großen Mann sterben sehen, nachdem ein viel kleinerer und schmächtigerer Gegner ihn mit einem Stilett verletzt hatte.«

Verächtlich hatte er noch hinzugefügt:

»Der hätte keine einzige Runde überstanden, wenn sie miteinander geboxt hätten.«

Die Art, wie ihr Vater über diese Waffe gesprochen hatte, hatte in Lucia den Wunsch erweckt, nie sehen zu müssen, wie ein Stilett eingesetzt wurde.

Und doch wußte sie jetzt, daß sie den Marquis hatte retten können nicht nur aufgrund dessen, was ihr erzählt worden war, sondern auch, weil ihr Instinkt sie gewarnt hatte, daß diese Venezianerin so wütend war, daß sie bereit war zu töten.

Wenn sie nur an das lange, dünne, teuflische Messer dachte, wie es sich in sein Herz hätte bohren können, wurde ihr übel, und ihre Angst wurde so groß, daß sie am ganzen Körper zitterte.

Sie setzte sich auf die Bettkante und stützte das Gesicht in die Hände.

Sie konnte den Gedanken nicht ertragen, daß der Marquis auf so entsetzliche Weise hätte sterben sollen.

Dann fiel ihr ein, daß sie vollkommen allein dagestanden hätte, wenn sie zusätzlich zum Tod ihres Vaters jetzt auch noch den Marquis verloren hätte. Sie wäre vielleicht nicht einmal in der Lage gewesen, das Geld zu bekommen, das er ihr für die Bilder versprochen hatte.

Sie wußte, daß es falsch war, an sich selbst zu denken, wo der Marquis in solcher Gefahr gewesen war, aber sie war erschüttert, nicht nur entsetzt von dem, was geschehen war.

Sie hatte nicht umsonst zwei Jahre lang in Venedig gelebt. Sie wußte, daß die Venezianer bei der geringsten Entschuldigung außerordentlich dramatisch werden konnten.

Sie dramatisierten alles, bis sie mit blitzenden Augen und gestikulierenden Händen ewig in Leidenschaft für etwas entbrannt zu sein schienen. Lucia hatte sich an ihre Ausbrüche tatsächlich gewöhnt.

Aber sie hatte es niemals für möglich gehalten, daß eine Frau tatsächlich den Versuch machen könnte, einen Mann zu töten, schon gar nicht einen, den sie zu lieben vorgab.

Natürlich hatte sie von Francesca Rosso gehört, aber wenn sie auch früher mit ihrem Vater und ihrer Mutter in der Oper gewesen war, in letzter Zeit hatten sie es sich nicht leisten können, und so hatte sie sie noch niemals singen gehört.

Für eine Primadonna war sie sehr schön und jung, und so war es wohl zu erwarten, daß sie von Männern bewundert wurde. Zweifellos, so dachte Lucia, wurde sie auch um ihrer selbst willen geliebt.

Der Marquis hatte ihr nicht erzählt, daß Francesca im *Palazzo* wohnte. Er hatte erklärt, es wären keine weiteren Gäste anwesend, und weil sie auch niemanden gesehen hatte, war es Lucia überhaupt nicht in den Sinn gekommen, daß sie möglicherweise nicht allein wären.

Jetzt fand sie es zum erstenmal merkwürdig, daß er ihr von

Francescas Anwesenheit nichts gesagt hatte, und sie wurde sich plötzlich auch der Tatsache bewußt, daß er – weil er der Liebhaber der Primadonna war – ein *Mann* war.

Der Marquis hatte recht gehabt mit der Annahme, daß er in Lucias Augen kein Mann war, noch dazu ein attraktiver, wie andere Frauen meinten, sondern ein übernatürliches Wesen, das aus dem Himmel oder vom Olymp herabgestiegen war, genau im richtigen Augenblick, um sie und ihren Vater zu retten.

Als Lucia jetzt auf ihrem Bett saß, die Hände vor dem Gesicht, sah sie den Marquis in einem ganz neuen, anderen Licht.

Sie fühlte sich plötzlich peinlich berührt, weil sie in seinen Armen geweint hatte, als ihr Vater gestorben war, weil sie ihm gestattet hatte, sie ohne Anstandsdame hierher zu bringen.

Sie war überzeugt, daß ihre Mutter erwartet haben würde, daß eine andere Frau bei ihr bleiben würde, wenn sie in seinem Haus wohnte.

Und sie konnte sich kaum vorstellen, daß er in Francesca eine Anstandsdame für sie gesehen hatte.

Doch wenn sie jetzt eine verlangen würde, würde er sich vielleicht von ihr abwenden, so, wie er sich von der Sängerin befreit hatte, und würde sie nicht mit sich nach England nehmen.

»Was soll ich nur tun, Mama? Was ist das Richtige?« fragte Lucia.

Dann sagte sie sich, daß sie sich lächerlich benahm.

Wie konnte sie, arm und verwaist, von dem Marquis erwarten, daß er sie behandelte, als wäre sie ein Mädchen der vornehmen Gesellschaft?

Sie war nichts weiter als eine herumstreunende Bettlerin, die er von der Straße aufgelesen hatte, und zu der er sehr freundlich gewesen war.

Natürlich brauchte sie keine Anstandsdame, denn was ihn anging, so war sie ein Nichts in seinem Leben.

Warum sollte sie auch irgend etwas anderes für ihn bedeuten, wenn er jemanden haben konnte, der so attraktiv und aufregend war wie Francesca Rosso?

Es war unmöglich für Lucia gewesen, in Venedig zu leben ohne zu bemerken, daß sich die Venezianer kaum um ihre Ehefrauen kümmerten, und daß die meisten Aristokraten ihre Zeit mit ihren Mätressen verbrachten.

Wohin sie mit ihrem Vater und ihrer Mutter auch ging, hatte sie sie in ihren Gondeln vorbeifahren sehen, hatte sie auf der *Piazza* beobachtet, sie aus den Restaurants treten sehen oder geschminkt und juwelenbehängt in ihren Logen in der Oper. Sie hatten prächtig ausgesehen, verführerisch und bezaubernd, aber ganz gewiß nicht respektabel.

Sie hätte wohl nicht überrascht sein sollen, daß der Marquis die Primadonna Venedigs, die Frau, über die am meisten gesprochen wurde, zu seiner Mätresse erkoren hatte. Und nachdem sie Francesca Rosso gesehen hatte, konnte sie nur zu gut verstehen, daß sie die Männer anzog.

Niemals hatte sie sich vorstellen können, daß eine Frau so schön und gleichzeitig so unkonventionell aussehen könnte.

Aber es war eine Sache, auf der Bühne angemalt und geschminkt zu sein. Francescas ganze Erscheinung, als sie in die Bibliothek getreten war, war so sensationell und theatralisch gewesen, daß Lucia wie hypnotisiert gewesen war.

Doch als sie dann anfing, mit dem Marquis zu streiten und immer dramatischer und hysterischer geworden war, da war es Lucia unmöglich gewesen, sich zu rühren oder auch nur zu atmen.

Sie hatte irgendwie das Gefühl, irrtümlich auf die Bühne gelangt, Teil eines Stückes geworden zu sein, das dort gerade aufgeführt wurde.

»Sie hätte ihn getötet!« sagte sie sich jetzt.

Genauso, wie Francesca es getan hatte, hätte sie bei dieser Vorstellung am liebsten geschrien.

Es klopfte an der Tür, und da Lucia dachte, es handelte sich um einen Bediensteten, nahm sie die Hände vom Gesicht, erhob sich, bemühte sich um eine gefaßte Haltung und rief dann:

»Herein!«

Als die Tür geöffnet wurde, sah sie den Marquis.

Einen Moment lang konnte sie ihn nur ansehen. Ihre Augen schienen ihr ganzes Gesicht auszufüllen, und er erkannte an ihrem Ausdruck und den Bewegungen ihrer Hände, was in ihr vorging.

Stille trat zwischen sie, ehe er leise sagte:

»Ich wollte Ihnen mitteilen, Lucia, daß wir umgehend nach England abreisen. Ich habe Anweisung gegeben, daß die Gondeln uns zur Yacht bringen. Wir werden heute nacht dort bleiben. Unsere Sachen werden gepackt und vor Tagesanbruch an Bord gebracht, so daß wir in der Morgendämmerung in See stechen können.«

Er sprach in unpersönlichem Ton, als würde er einem Mitglied seiner Dienerschaft Anweisungen erteilen.

Dann, als sie nicht antwortete, sagte er:

»Ich werde im Salon auf Sie warten. Dort können wir ein Glas Champagner trinken, ehe wir fahren. Lassen Sie mich nicht warten!«

Lucia stand ganz still, nachdem er gegangen war, und starrte nur auf die Tür.

Aber sie mußte keine Entscheidung fällen, das wußte sie. Der Marquis hatte sie für sie getroffen.

Sie mußte nichts weiter tun, als zu gehorchen – aber das würde sie nicht davon abhalten zu denken.

5

Der Marquis wartete bereits im Salon, als Lucia ein wenig nervös aus ihrem Schlafzimmer kam.

Sie war ihm dankbar dafür, daß er sie nicht gebeten hatte, in die Bibliothek zurückzukehren, aus der sie geflohen war.

Als sie den wunderschönen Raum mit den hochlehnigen Stühlen betrat, dessen Wände größtenteils von Teppichen und Gobelins bedeckt waren, sah sie, daß der Marquis seine Jacke, die von dem Stilett beschädigt worden war, gewechselt hatte.

Ansonsten trug er noch immer die Kleider, die er zum Begräbnis ihres Vaters getragen hatte.

Sie warf ihm einen Blick zu, schaute dann fort, und als hätte er erkannt, wie schüchtern und verlegen sie war, erklärte er mit ruhiger, nüchterner Stimme:

»Ich freue mich schon darauf, Ihnen meine Yacht zu zeigen.«

Mit diesen Worten reichte er ihr ein Glas Champagner, nahm dann sein eigenes und hielt es hoch.

»Trinken wir auf eine ruhige Heimreise!«

Gehorsam hob auch Lucia ihr Glas und nippte daran.

»Sie haben mir erzählt«, fuhr der Marquis fort, »daß Sie ein wildes Pferd reiten können, und ich hoffe nur, daß die *Sea Horse* kein zu wildes Gefährt für Sie ist.«

»Ich bin . . . auf dem Weg hierher . . . nicht seekrank gewesen«, stammelte Lucia.

»Ich wollte Sie schon fragen, ob Sie über Land oder auf dem Seeweg gekommen sind«, meinte der Marquis. »Ich persönlich ziehe den Seeweg vor.«

Lucia hatte erwartet, daß er das sagen würde.

Sie wußte, daß jeder, der die »Grand Tour« machte, von den langen, langweiligen Stunden erzählte, wenn die Pferde langsam über die Bergpässe kletterten und die Räder der Kutschen sich in den Schlamm gruben und ausgegraben werden mußten.

Der Marquis hatte seinen Champagner ausgetrunken und stellte sein Glas ab.

»Sie werden sich sicher freuen zu hören, daß ich meinem Sekretär strikte Anweisungen gegeben habe, die Bilder Ihres Vaters mit größer Sorgfalt einzupacken. Sie sollen als erstes an Bord gebracht werden.«

Lucia war sich schon darüber klar geworden, daß die plötzliche Ankündigung des Marquis, daß man unverzüglich heimkehren wollte, für die Bediensteten einen enormen Streß bedeutete.

Da sie im *Palazzo* gewohnt hatte, hatte sie gesehen, wieviel er aus England mitgebracht hatte.

Bettwäsche, Handtücher, Tischdecken und Servietten trugen alle sein Monogramm, umrahmt von einer kleinen Krone, und in die goldenen Becher, aus denen sie beim Abendessen tranken, war sein Wappen graviert. Auch der Champagner und andere französische Weine waren aus England mitgebracht worden.

Einige der Diener im *Palazzo* waren Engländer, von denen Lucia wußte, daß sie zum persönlichen Personal seiner Lordschaft gehörten.

Sie bildete sich ein, sie könnte schon alle in die großen Räume hinein- und wieder herausströmen hören. Sie alle wußten, wenn ihr Herr gesagt hatte, er wolle bei Tagesanbruch abfahren, dann wäre er ausgesprochen zornig, wenn es Verzögerungen geben würde.

Er wartete auf sie und sie trank noch einen Schluck Champagner.

»Gehen wir?« fragte er.

»Ja . . . natürlich«, antwortete sie und stand auf.

Sie hatte das Gefühl, daß er es nicht nur eilig hatte, nach England zurückzukehren, sondern daß ihm die Flucht aus Venedig noch wichtiger war, und sie konnte verstehen, daß er keine Lust hatte, die stürmische Primadonna noch einmal zu sehen.

Dann, als würde sie sich plötzlich erinnern, daß er verletzt worden war, fragte sie hastig:

»Ist mit Ihrem Arm . . . alles in Ordnung?«

»Nur ein Kratzer«, antwortete der Marquis.

»Aber haben Sie es säubern und verbinden lassen?« erkundigte sich Lucia. »Selbst ein Kratzer kann gefährlich werden, wenn man nicht sehr vorsichtig ist.«

»Ich werde mich darum kümmern, wenn wir auf dem Schiff sind.«

Er ging zur Tür, und Lucia konnte nichts weiter tun, als ihm folgen.

Als sie die Treppe hinabgingen sagte er:

»Ich habe das Gefühl, Sie machen sich Sorgen um mich, aber das ist nicht nötig.«

»Das ist sehr wohl nötig«, widersprach Lucia. »Nehmen wir einmal an, Ihnen. . . würde etwas zustoßen.«

Der Marquis lächelte.

»Denken Sie an mich? Oder an sich selbst?«

Seine Frage machte sie momentan verlegen, aber dann antwortete sie:

»Wenn ich ehrlich bin . . . an beide!«

Der Marquis lachte.

»Das war nicht die Antwort, die ich erwartet habe, und deshalb kann ich nur sagen, Lucia, Sie sind ein äußerst ungewöhnliches Phänomen, eine Frau, die tatsächlich die Wahrheit spricht.«

Lucia sagte nichts darauf, und der Marquis stellte wieder einmal fest, daß er ihre Gedanken lesen konnte. Er wußte, daß sie dachte, daß er ein paar sehr sonderbare Frauen gekannt haben mußte.

Dann sagte er sich, daß sie, die in Ruhe und Abgeschiedenheit mit ihrem Vater und ihrer Mutter auf dem Lande gelebt hatte, keine Ahnung haben konnte von den Intrigen und Lügen, die die Damen der Gesellschaft zu Hilfe nahmen.

Was diejenigen der anderen Welt anbetraf, so war Täuschung ein Teil ihres Berufes, war die Ware, mit der sie handelten.

Erst als sich die Gondel schnell den *Canale Grande* entlang bewegte, fragte sich der Marquis, ob Lucias Anwesenheit sich irgendwie auf seine Heimreise auswirken würde.

Er hatte das Gefühl, es könnte ganz anders werden als auf der Hinreise nach Venedig, wo er die Zeit allein verbracht hatte.

Dann schaute er Lucia an. In dem schlichten, weißen Kleid, das sie den ganzen Tag über getragen hatte, und mit dem Tuch um die Schultern, sah sie so reizend aus, daß es ihm schwerfiel zu glauben, ihre Schönheit wäre wirklich.

»Vielleicht ist sie einfach nur ein Teil von Venedig«, sagte er sich, »und wird wie eine exotische Pflanze eingehen, wenn sie in eine andere Umgebung gebracht wird.«

Aber er erinnerte sich, daß sie Engländerin war, wenigstens hatte sie das gesagt. Doch es war etwas an ihr, das ihm sagte, daß das nicht die ganze Wahrheit war. Als spürte sie, daß er über sie nachdachte, wandte sich Lucia zu ihm um, sah ihn fragend an, und er erkundigte sich:

»Verabschieden Sie sich von Venedig?«

»Ich versuche mich zu . . . erinnern, was Papa . . . darüber gesagt hat. Wenn er hier wäre, würde er sagen, wir . . . sollten uns . . . das Licht anschauen.«

Es gab keinen Zweifel daran, daß jetzt, am späten Nachmittag, über allem der apricotfarbene Hauch lag, den der Marquis schon früher bemerkt hatte, und der die zweihundert Paläste am *Canale Grande* und das Wasser der Lagune zu färben schien.

Ihm fiel ein, daß irgend jemand einmal gesagt hatte, das Licht von Venedig wäre so sonderbar, weil es seine Intensität gleichermaßen vom Himmel wie von der Sonne bezog.

Als er jetzt zum Horizont hinüberblickte, fragte er sich, ob Alastair wohl glauben würde, er hätte im Geiste neue Horizonte erreicht und hätte, um es poetisch auszudrücken, neue Fenster zu seiner Seele geöffnet.

Er lachte ironisch über sich selbst und sagte sich, daß sich nichts, überhaupt nichts, verändert hätte.

Nur Francesca hatte sich ein wenig übertriebener verhalten als andere Frauen, die er unter seinen Schutz genommen hatte, und alles, was er von Venedig mitgenommen hatte, waren sechs Gemälde eines unbekannten Künstlers.

Doch als Lucia eine kleine Bewegung mit den Händen machte, sagte er sich zynisch, daß er sie hinzufügen könnte.

Am Quai lagen zahlreiche Schiffe aus anderen Ländern, und als sie sich seiner Yacht näherten, fand der Marquis, daß sie von den anderen abstach wie ein Vollbluthengst inmitten einer Herde einfacher Pferde.

Er hatte sie im Hinblick auf Geschwindigkeit entworfen, hatte die amerikanischen Piratenschiffe zum Vorbild genommen, die im Krieg die britischen Frachtschiffe ausgebeutet und sich allen anderen Schiffen überlegen erwiesen hatten.

Eines dieser Schiffe war der Marine in die Hände gefallen, und man hatte es von den Schiffsbauern sorgfältig studieren lassen.

Der Marquis, der erkannt hatte, wie revolutionär es war, hatte, kaum daß der Krieg mit Napoleon beendet gewesen war, den Auftrag gegeben, eine Privatyacht für ihn nach dem Vorbild des amerikanischen Schiffes zu bauen.

Die *Sea Horse* erweckte die Bewunderung und den Neid jedes Schiffsbesitzers, wohin er auch mit ihr kam, und er war auch jetzt nicht überrascht, eine Menschenmenge sich auf dem Quai drängen zu sehen, als er und Lucia an Bord gingen.

Der Kapitän salutierte, und der Marquis erklärte:

»Ich nehme an, Sie haben meine Nachricht erhalten, Captain Bateson. Ich wünsche so bald wie möglich nach England aufzubrechen, aber wir müssen noch auf das Gepäck warten, und das wird offensichtlich noch eine Weile dauern.«

»Auf Mr. Johnsons Bitte hin, Mylord, habe ich bereits sechs Mitglieder der Mannschaft zum *Palazzo* geschickt, um dort zu helfen.«

»Vielen Dank, Captain.«

Der Marquis geleitete Lucia in den Salon.

Kaum trat sie ein, wurde ihr klar, daß die *Sea Horse* ganz anders war als alle anderen Schiffe, die sie je gesehen oder sich vorgestellt hatte.

Zuerst einmal war sie ausgesprochen exquisit eingerichtet, und der Salon selbst erinnerte mehr an ein englisches Wohnzimmer als an irgend etwas anderes, was sie auf einem hochseetauglichen Schiff zu sehen erwartet hatte.

An den Wänden hingen schöne Gemälde, Vorhänge bedeckten die Bullaugen, und das Sofa und die Sessel waren mit einem schönen, grünen Stoff bezogen.

Sie blickte sich um, und der Marquis musterte ihr Gesicht, ehe er sich erkundigte:

»Nun? Wie lautet Ihr Urteil?«

Sie lächelte ihm zu, ehe sie antwortete:

»Müssen Sie das fragen? Es ist sehr schön und ganz anders, als ich erwartet hatte.«

»Was haben Sie denn erwartet?«

»Ich denke, etwas sehr Praktisches, fast Düsteres.«

»Ich habe mehr an meine Gäste als an mich gedacht, als ich das hier entworfen habe.«

Sie glaubte, er würde damit auf die schönen Frauen anspielen, und als sie dabei an Francesca Rosso dachte, stieg ihr die Röte in die Wangen.

»Vergessen Sie sie!« forderte der Marquis sie ruhig auf. »Das Kapitel ist abgeschlossen, und jetzt blättern wir um und beginnen ein neues.«

Lucia lächelte zum Zeichen, daß sie verstand, was er gesagt hatte. Nach einem leisen Aufschrei meinte sie dann jedoch:

»Aber zuallererst, ehe wir an irgend etwas anderes denken, müssen Sie Ihren Arm versorgen lassen. Auch wenn Sie es nicht zugeben wollen, so glaube ich doch, daß er anfängt, Sie zu schmerzen.«

»Sie hören sich leider genauso an wie mein altes Kindermädchen«, klagte der Marquis. »Aber wenn es Sie davon abhält, mich weiter zu bearbeiten, dann kommen Sie besser in meine Kabine und beweisen Ihr Geschick Schmerzen zu lindern.«

Sie gingen aus dem Salon, und als Lucia die Kajüte sah, war sie noch beeindruckter als zuvor.

Sie nahm den gesamten Bug ein und war, so fand sie, genauso wie die Kabine, die der Herr eines Schiffes haben sollte.

Es gab ein kistenähnliches Bett mit vier geschnitzten Pfosten. Ihr Vater hatte ihr erzählt, daß dies das Vorrecht eines jeden Admirals oder Kapitäns war, der im Krieg gekämpft hatte.

Abgesehen davon schienen alle Möbel an den Wänden befestigt zu sein, so daß selbst die rauheste See sie nicht verrücken konnte.

Es gab mehrere sehr schöne Gemälde mit maritimen Motiven an den Wänden, und ein dicker Teppich bedeckte den Boden. Außerdem bemerkte sie noch zwei hohe Lehnsessel, in denen man sich entspannen konnte.

Während Lucia sich umsah, zog der Marquis seine knapp sitzende Cord-Jacke aus.

Als er das getan hatte, stieß sie einen leisen Schrei aus, denn auf seinem weißen Leinenhemd zeichnete sich ein großer, roter Fleck ab.

Der Marquis sah ihn ein wenig traurig an, ehe er seine Krawatte öffnete und das Hemd von der Schulter zog. Dabei meinte er:

»Ich habe nicht gemerkt, daß ich blute, als ich meine Jacke gewechselt habe.«

Lucia inspizierte den langen, unschönen Kratzer an der Stelle, wo die Spitze des Stiletts durch den Ärmel seiner Jacke gedrungen war und dann seinen Oberarm verletzt hatte.

Die Wunde war mehrere Zentimeter lang, und sie wußte, wenn sie Francesca nicht gehindert hätte, hätte sich das Stilett in die Brust des Marquis' gebohrt, und die Sache hätte ganz anders ausgesehen.

Als hätte er denselben Gedanken, fragte er:

»Nun? Was werden Sie jetzt tun?«

»Könnte ich ein bißchen Brandy haben?«

Der Marquis zog die Brauen hoch.

»Wollen Sie ihn trinken, oder soll ich es tun?«

»Weder noch«, entgegnete sie. »Ich will die Wunde damit reinigen, für den Fall, daß sie entzündet ist. Sonst bekommen Sie noch Fieber.«

»Jetzt versuchen Sie, mir Angst zu machen!«

»Mama hat immer darauf hingewiesen, daß jede offene

Wunde gefährlich werden könnte, wenn sie nicht saubergehalten wird. In der Schlacht von Trafalgar wurde übrigens zu diesem Zweck auch Brandy verwendet, und zehn Jahre später in Waterloo hätte man ihn besser auch verwenden sollen.«

»Ich glaube, Sie wollen mir meine Unwissenheit vorwerfen«, bemerkte der Marquis, »aber ich bin gern bereit, mich Ihrem größeren Wissen zu beugen.«

Bei diesen Worten ging er zum Bett hinüber und nahm eine goldene Klingel auf, die dort stand.

Er läutete heftig, und einen Moment später wurde die Kabinentür geöffnet.

»Kommen Sie herein, Evans«, forderte der Marquis seinen Diener auf. »Miss Beaumont besteht darauf, daß ich die Wunde an meinem Arm mit meinem besten Brandy reinigen muß.«

»Wunde, Mylord?« erkundigte sich Evans. »Was hab'n Euer Lordschaft denn jetzt schon wieder angestellt?«

Der Marquis lächelte.

Er war sich klar darüber, daß Evans, der im *Palazzo* gewesen war, inzwischen genau erfahren hatte, wie sich Francesca aufgeführt hatte.

Den Dienern blieb niemals etwas verborgen, und Evans, der seinen Herrn mehr als beschützte, mußte entsetzt gewesen sein zu hören, daß eine Frau sich ihm gegenüber so verhalten hatte.

Er war ihnen in einer anderen Gondel vom *Palazzo* gefolgt, und jetzt meinte er vorwurfsvoll:

»Sie haben mir nicht gesagt, Mylord, daß Sie Ihre Jacke wechseln wollten. Ich war unten und konnte nicht fassen, daß Eure Lordschaft das Haus so schnell verlassen hatten.«

»Habe ich aber«, erklärte der Marquis gutgelaunt, »und jetzt sollten Sie besser etwas für mich tun.«

»Das denke ich auch, Mylord!« stimmte Evans zu. »Miss Beaumont hat recht: Das ist ein böser Schnitt, und er sollte gereinigt werden, andernfalls könnte Eure Lordschaft dem Wahnsinn verfallen.«

»Ich hoffe doch nicht«, protestierte der Marquis.

Aus einem Schrank zauberte Evans eine Flasche Brandy hervor und goß ein wenig in ein Glas.

Während Lucia ihm zusah, tauchte er ein sauberes weißes Leinentaschentuch in die Flüssigkeit und betupfte damit den verletzten Arm.

Die Wunde brannte, und der Marquis kniff die Lippen zusammen, beklagte sich aber nicht. Als die Wunde zu Evans Zufriedenheit gesäubert war, wandte er sich an Lucia.

»Wollen Sie Seine Lordschaft verbinden, Miss, oder soll ich es tun?«

Der Marquis war überrascht.

Es war das erstemal, daß er miterlebte, wie Evans jemand anderem gestattete, für ihn zu sorgen. Er war sonst lächerlich eifersüchtig auf jeden anderen Diener.

Mit einem leisen Zwinkern begriff er dann, daß Evans seine Mißbilligung in bezug auf Francesca und ihr Verhalten zeigte, indem er freundlich zu der Person war, in der er »das neue Interesse« seines Herrn sah.

»Ach, bitte, würden Sie es wohl tun?« antwortete Lucia. »Ich kann zwar einen Verband anlegen, wenn es nötig ist, aber ich bin sicher, Sie können es viel besser als ich.«

Sie ist ausgesprochen taktvoll, dachte der Marquis, denn Evans hatte ihr zwar dieses wundersame Angebot gemacht, wäre aber äußerst ärgerlich gewesen, wenn sie es angenommen hätte.

Geschickt verband er den Arm des Marquis, nachdem er die Wunde zuerst mit einem Leinenstück abgedeckt hatte, für den Fall, daß sie weiterbluten sollte. Dann legte er den Verband an, gerade fest genug, damit er nicht rutschte, aber doch so locker, daß sich kein Blut stauen konnte.

»Danke, Evans«, sagte der Marquis. »Während ich jetzt mein Hemd wechsle, würde ich vorschlagen, daß Sie Miss Beaumont in ihre Kabine bringen. Ich denke mir, daß das Waterloo-Zimmer für sie am geeignetsten ist.«

Lucia schien über den Namen überrascht, aber der Marquis

erklärte ihn nicht, und so folgte sie dem Diener nur aus seiner Kabine in die Nachbarkajüte.

Kaum hatte sie sie betreten, da verstand sie, warum sie nach der Schlacht benannt war, in der der Marquis für seine Tapferkeit und Ritterlichkeit ausgezeichnet worden war.

Es gab drei Gemälde hier: zwei zeigten die Schlacht, das dritte war ein Portrait des Herzogs von Wellington.

Evans betrachtete sie zufrieden.

»Das weckt Erinnerungen in denen, die dort waren, Miss.«

Lucia sah sich um, betrachtete das große Bett mit den blauen Vorhängen, das dazu passende Mobiliar, das fast dasselbe war wie in der Kabine des Marquis.

»Hier werden Sie es bequem haben, Miss«, meinte Evans. »Und Ihr Gepäck sollte jetzt auch bald kommen. Es wurde gerade zusammengepackt, als ich den *Palazzo* verließ.«

»Danke, vielen Dank.«

Nachdem der Diener sie verlassen hatte und zum Marquis zurückgekehrt war, legte sie ihr Tuch auf den kleinen Lehnsessel, der gerade in die Kabine paßte, und schickte sich an, ihren Hut abzunehmen.

Die Kabine war vollkommen anders als die, die sie auf dem Schiff belegt hatte, mit dem sie hergekommen war, damals, mit ihrem Vater und ihrer Mutter.

Jene Kabine war streng und spartanisch und sehr ungemütlich gewesen, und es hatte nur ein einziges, winziges Bullauge gegeben, nicht zwei, wie in ihrer jetzigen Kabine.

Wenn sie abends in ihre Koje geklettert war, hatte sie das Gefühl gehabt, in einem Sarg zu liegen.

Angesichts der Tatsache, daß dies ein Schiff war, bei dem es in erster Linie auf Schnelligkeit angekommen war, gab es sehr viel Platz, und sie dachte wie aufregend es sein würde, in solchem Luxus zu reisen, und dann noch mit dem Marquis.

Sie trat ans Bullauge, um in die Sonne zu schauen, die am Horizont versank und einen letzten goldenen Glanz auf das ruhige Wasser zauberte.

»Ich bin froh, daß ich Venedig verlassen kann«, dachte sie.

Und doch schmerzte es sie zu wissen, daß sie nicht nur ihren Vater, sondern auch ihre Mutter in der Stadt des Lichts zurückließ.

»Vielleicht hätte ich doch bleiben sollen, um in ihrer Nähe zu sein«, überlegte sie.

Doch ihr fiel ein, wie sehr es sie erschreckte, allein zu sein, und sie dachte an die Männer, die ihr folgten und sie ansprachen, so sehr sie sich auch bemühte, ihnen aus dem Weg zu gehen.

»In England wird das anders sein«, tröstete sie sich.

Und doch ängstigte sie auch das. Nur, daß jetzt der Marquis bei ihr war, der ihr helfen und sich vielleicht um sie kümmern würde.

Dann fiel ihr ein, wie kühl seine Stimme geklungen hatte, als er mit Francesca gesprochen hatte, und sie wußte, daß er nicht nur charmant, freundlich und mitfühlend sein konnte, sondern ebensogut hart und rücksichtslos.

Sie schaute aus dem Bullauge, faltete die Hände und betete:

»Bitte . . . lieber Gott, laß mich ihn nicht . . . zu schnell langweilen. Mach, daß er so lieb zu mir ist, wie er es jetzt ist. Wenn ich . . . ihn verliere, habe ich niemanden . . . mehr, und ich habe . . . solche Angst.«

Sie spürte, wie sie zitterte.

Dann, fast so, als würde das Licht von draußen zu ihr sprechen, hatte sie das Gefühl, daß ihr Vater und ihre Mutter sie beschützten und ihr halfen, und daß alles nicht so schlimm werden würde, wie sie es befürchtete.

Sie erinnerte sich daran, wie der Marquis zu Francesca gesagt hatte, daß er seine Versprechen immer hielt, und daß sie ihr Smaragdcollier bekommen sollte.

Deshalb würde er bestimmt auch sein Versprechen halten und ihr das Geld für die Gemälde ihres Vaters geben.

»Ich werde nicht mit leeren Händen heimkehren«, sagte sie sich. »Und er wird irgend etwas finden, was ich tun kann, und dann . . . bin ich sicher.«

Als sie daran dachte, wenn sie jetzt allein auf einem der Schiffe, die draußen im Hafen lagen, nach England zurückgekehrt wäre, erschauderte sie bei der bloßen Vorstellung.

Auf dem Weg von England nach Venedig war sie mit ihrem Vater und ihrer Mutter zusammengewesen und hatte sich deshalb nicht um die anderen Passagiere gekümmert.

Sie hatte aber doch gewußt, daß Männer jeden Alters sie, wenn sie mit ihren Eltern auf Deck spazieren ging, auf eine Art und Weise gemustert hatten, die sie einschüchterte.

Aus diesem Grund hatte ihre Mutter sich geweigert, zu einigen der Leute freundlich zu sein, die sich ihnen näherten, wenn sie auch immer höflich geblieben war.

Eines Abends, als ihre Eltern dachten, sie würde nicht zuhören, hörte sie ihre Mutter zu ihrem Vater sagen:

»In ein paar Jahren wird Lucia sehr hübsch sein, und wir müssen gut auf sie aufpassen.«

»Sie ist doch noch ein Kind«, hatte ihr Vater erwidert.

»Kinder werden erwachsen, Liebling«, hatte ihre Mutter erklärt. »Und ich kann nur beten, daß Lucia einen so wundervollen Mann findet und heiratet wie ich, und daß beide für alle Zeiten glücklich werden.«

»Bist du glücklich geworden?« hatte ihr Vater gefragt.

»Du weißt, daß ich seit unserer Hochzeit wie im Himmel gelebt habe!«

»Ohne Bedauern?«

»Wie kannst du etwas so Dummes fragen!« hatte sie ihre Mutter antworten gehört. »Wie könnte ich es bedauern, mit dem schönsten, bewundernswertesten, besten Mann, den es je gegeben hat, im Himmel zu leben!«

»Genau das wollte ich von dir hören, und du weißt, daß ich dadurch, daß ich dich habe, glücklicher bin als jeder andere Mann auf der Welt.«

Ihr Vater und ihre Mutter hatten sich in die Augen geschaut, und Lucia wußte, daß sie vergessen war.

Als sie dann in ihre Kabine gingen und die Tür schlossen, wußte sie, daß ihr Vater ihre Mutter ganz fest in den Armen halten und sie küssen würde, als wollte er sie niemals wieder loslassen.

»Das wünsche ich mir auch von meinem Leben«, dachte sie.

Verzweiflung überkam sie bei dem Gedanken, daß es vielleicht niemals so für sie werden würde, daß sie immer allein und verängstigt bleiben müßte.

Schon sehr früh am nächsten Morgen wurde Lucia vom Lärm des Ankers geweckt, der eingeholt wurde, und von den Bewegungen an Deck.

Sie wußte, daß in der Zwischenzeit alles an Bord gebracht worden sein mußte, und daß sie Venedig jetzt verließen.

Es war am Vorabend eine unerwartete Freude gewesen, mit dem Marquis in dem attraktiven Salon zu sitzen und von den Stewards in weißen Jacken mit blitzenden Silberknöpfen bedient zu werden.

Das Essen war – wie üblich – delikat gewesen, und der Marquis hatte darauf bestanden, daß sie ein Glas Wein trank.

Als sie allein waren, hatte er gesagt:

»Ich möchte Ihnen ein Kompliment dazu machen, wie Sie sich verhalten haben, Lucia. Ich bewundere Ihr Verhalten auf eine Art, die ich nicht in Worte zu fassen vermag.«

Er brach ab, als sie ihn schüchtern ansah und leicht errötete, ehe er fortfuhr:

»Ich möchte Ihnen außerdem dafür danken, daß Sie mir das Leben gerettet haben.«

»Nein . . . bitte . . .« fing Lucia an, aber da redete er schon weiter:

»Wir wollen nicht mehr davon sprechen, aber ich möchte doch noch sagen, daß die Schnelligkeit, mit der Sie reagiert haben, außergewöhnlich war, und da die Konsequenzen sehr ernst gewesen wären, wenn Sie nicht so gehandelt hätten, kann ich nur sagen, daß ich Ihnen von ganzem Herzen danke.«

Als wüßte er, daß es ihr peinlich war, darauf zu antworten, sagte er dann:

»Jetzt möchte ich, daß Sie mir sagen, was Sie von den Bildern halten, die Sie hier auf der *Sea Horse* gesehen haben.«

Lächelnd fügte er noch hinzu:

»Es war mir eine große Freude, sie zu finden, vor allem diejenigen in diesem Raum. Morgen werde ich Ihnen die anderen Kabinen zeigen. Sie sind alle nach Schlachten benannt, an denen ich teilgenommen habe.«

»Das ist gewiß eine sehr originelle Idee«, meinte Lucia.

»Das hat der Herzog von Wellington auch gesagt, als ich ihm erzählte, daß ich nicht nur sein Portrait auf meinem Schiff habe, sondern ihm und den Schlachten, in denen ich unter ihm gekämpft habe, einen ganzen Raum in meinem Haus in London gewidmet habe.«

»Das wird für jeden, der das Privileg hat, diesen Raum zu sehen, sicher sehr interessant sein«, sagte Lucia.

»Auf jeden Fall hält es mich beschäftigt«, meinte der Marquis. »Ich hatte die Absicht, eine Reise nach Frankreich zu machen, um Gemälde zu finden, die während des Krieges von französischen Künstlern gemalt wurden.«

»Die Menschen dürfen niemals vergessen, wie sehr England in den Jahren, in denen Napoleon bekämpft wurde, gelitten hat«, bemerkte Lucia wie zu sich selbst. »Aber nun, wo der Krieg vorüber ist, gibt es viele andere Dinge zu tun.«

Der Marquis starrte sie überrascht an.

»Was meinen Sie damit?«

Lucia zögerte einen Moment, ehe sie sagte:

»Mama und ich haben immer die Parlamentsberichte gelesen, und nach den Unruhen im Norden hatte ich gehofft, jemand wie Sie würde . . . sich für die Reformen einsetzen, die schon so lange überfällig sind.«

Der Marquis sah sie erstaunt an.

Er wußte, daß sie auf die Arbeiter-Aufstände in Manchester anspielte, bei denen es zahlreiche Tote und zwölftausend Verletzte gegeben hatte.

Nachdem jene, die sich gegen ihr Elend und ihr Schicksal aufgelehnt hatten, hart bestraft worden waren, schien es, als wären all ihre Bemühungen vergebens gewesen.

Gleichzeitig hatten diejenigen, die im Parlament und anderswo erklärt hatten, daß Reformen notwendig wären, ihre Argumente verstärkt, hatten die Regierung angegriffen, die sich weigerte, ihnen zuzuhören.

»Ich muß gestehen, daß ich mich nicht sonderlich für Politik interessiere«, meinte der Marquis.

»Das sollten Sie aber«, widersprach Lucia. »Ich bin sicher, der Premierminister und das Kabinett würden zuhören, wenn . . . Sie gegen die zahlreichen Ungerechtigkeiten kämpfen würden, die überall im Lande vorkommen.«

Leicht amüsiert dachte der Marquis bei sich, daß sie genauso mit ihm sprach wie Alastair, und er sagte:

»Ich weiß wirklich nicht, warum man mich nicht in Ruhe lassen kann! Ich bin vollkommen zufrieden mit meinen Erfolgen auf sportlichem Gebiet, mit der Leitung meiner Häuser und Ländereien und dem Einladen meiner Freunde.«

Schweigen entstand, und er wußte, daß Lucia nicht seiner Meinung war.

Aggressiv erkundigte er sich:

»Also schön, dann sagen Sie schon laut heraus, was Sie denken, nämlich, daß es falsch ist, was ich tue.«

»Ich bin sicher, daß Sie niemals etwas Falsches tun würden«, antwortete Lucia sanft. »Aber wenn jemand so dynamisch und intelligent ist . . . wie Sie . . . dann braucht Ihr Land Sie zu Friedenszeiten ebenso wie . . . im Krieg.«

Der Marquis lehnte sich in seinem Sessel zurück und betrachtete sie, als könnte er kaum glauben, daß es sie wirklich gab.

Nie zuvor hatte er mit einer schönen Frau zu Abend gegessen, die ihm Vorwürfe gemacht hatte, weil er nicht mehr für das nationale Interesse tat.

Für gewöhnlich drehte sich die Unterhaltung bei solchen

Gelegenheiten um das, was sie zusammen tun würden, und soweit es die Frau betraf, gab es das Land überhaupt nicht.

»Wollen Sie im Ernst vorschlagen, daß ich auf eine Seifenkiste klettere und wie die Redner im Hydepark die Anliegen einer kleinen Minderheit verkünde, die sich sonst nicht bemerkbar machen könnte?« fragte er nur aus Lust an der Diskussion als solcher.

»Sind Sie so sicher, daß es sich um eine kleine Minderheit handelt?« erwiderte Lucia. »Nach allem, was ich gelesen habe, ehe ich England verließ, und nach dem wenigen, das ich lesen konnte, während wir in Venedig waren, scheint es doch so, als wäre eine große Zahl von Menschen ausgesprochen unzufrieden, so nachgiebig die Großgrundbesitzer und die Angehörigen des Oberhauses auch sein mögen.«

Wenn der Marquis von einer der Möwen, die im Hafen kreischend umherflogen, angegriffen worden wäre, er hätte wohl kaum überraschter gewesen sein können.

Es erschien ihm unglaublich, daß jemand, der so ätherisch und feminin aussah, mit ihm sprechen konnte wie einer seiner Freunde.

»Ich weiß genau, was Sie sagen wollen, Lucia«, fing er an. »Aber ich will offen sein. Es gibt genügend Leute, die sich ebenso um die Armen sorgen wie um die demokratischen Rechte der Katholiken. Ich persönlich bin nicht sehr interessiert.«

»Aber das müssen Sie«, beharrte Lucia ernst. »Sehen Sie denn nicht, daß diese Menschen nur sehr wenige Fürsprecher mit Ihrer Intelligenz und Ihrem Einfluß haben? Darum kann nur jemand wie. . . Sie ihnen helfen.«

Der Marquis hätte normalerweise über einen solchen Vorschlag gelacht.

Aber an Lucias Art war etwas überzeugendes, und vielleicht lag es auch daran, daß er in Venedig war und noch immer die Nachwirkungen der Ereignisse des Tages spürte – auf jeden Fall fühlte er sich nahezu hypnotisiert von dem Gedanken, seine Pflicht zu vernachlässigen.

»Warum sollte ich mich mit den Angehörigen der niedrigen Klasse verbünden?« fragte er mit leicht aggressivem Unterton.

»Die Antwort darauf ist ganz einfach: Weil Sie ein Angehöriger der oberen Klasse sind.«

Der Marquis lachte, als könnte er nicht anders.

»Wie ich sehe, haben Sie auf alles eine Antwort parat. Aber wenn ich nach England zurückkomme, wartet dort so vieles auf mich, daß ich bezweifle, daß ich die Zeit haben werde, an etwas anderes zu denken.«

»Aber Sie werden es versuchen . . . bitte, versprechen Sie mir, daß Sie es versuchen werden.«

Der Ausdruck »Versprechen« erinnerte ihn daran, wie Francesca erklärt hatte, daß Engländer ihre Versprechen immer hielten, und er ihr entgegnet hatte, daß er sich immer an seine Versprechungen hielt.

Er hatte das Gefühl, daß Lucia ihn in eine Ecke drängte, aus der es für ihn kein Entrinnen mehr gab.

»Sollte ich einmal ein Fanatiker bezüglich der Reform werden, dann würden Sie mich wahrscheinlich für einen schrecklichen Langweiler halten«, meinte er.

Lucia lachte, und es war ein ausgesprochen hübscher Laut.

»Das würden Sie niemals sein«, widersprach sie. »Aber je mehr ich darüber lese, was heute in England passiert, desto größere Sorgen mache ich mir, und es bekümmert mich, daß nicht mehr große Persönlichkeiten wie Sie sich davon betroffen zeigen.«

»Woher wissen Sie, daß ich eine ›große Persönlichkeit‹ in diesem Sinne bin?« erkundigte sich der Marquis.

Lucia hob die Hände in einer sehr ausdrucksvollen Geste.

Das ist . . . schwer in Worte zu fassen«, sagte sie, »aber . . . ich weiß, daß die Sonne morgen wieder aufgehen wird, und das . . . Meer wird über Nacht nicht austrocknen.«

»Das hoffe ich doch sehr!«

Lucia hörte nicht zu.

Sie hatte die Ellbogen auf den Tisch gestützt, und ihre Hand lag an ihrer Wange.

»Papa hat einmal gesagt, daß wir alle Lebenskraft übermitteln, aber manche Menschen haben mehr als andere, sie werden groß, wie Buddha oder Christus oder Mohammed, oder – auf etwas niedrigerer Stufe – wie Marco Polo oder Kolumbus.«

»Und Sie glauben, ich bin es wert, in solch vornehmer Gesellschaft genannt zu werden?« spottete der Marquis.

Schweigen entstand. Dann meinte Lucia leise:

»Ich wußte, als ich Sie zum erstenmal gesehen habe, . . . daß Sie . . . anders sind. Und als ich dann auf dem Markusplatz mit Ihnen gesprochen habe, erkannte ich, daß Sie vibrieren, wie Papa es ausgedrückt hätte . . . ganz anders als . . . alle anderen Menschen, die ich kenne.«

»Ich fühle mich sehr geschmeichelt«, bemerkte der Marquis trocken, »aber vielleicht sind Sie auch voreingenommen.«

»Vielleicht, aber Sie wissen, daß ich die Wahrheit sage.«

Der Marquis hielt die Hände hoch, als wollte er sich ergeben.

»Jetzt machen Sie mir Angst«, sagte er, »und da Sie außerdem versuchen, mich zu etwas zu drängen, was ich nicht tun will, bin ich entschlossen, Ihnen zu widerstehen.«

Lucia schüttelte den Kopf.

»Das glauben Sie vielleicht, aber ich bin ganz sicher, weil Sie es selbst sind, daß Sie früher oder später erkennen werden, was getan werden muß, und dann werden Sie es tun!«

»Wenn Sie mich weiterhin bearbeiten, fürchte ich, ich werde Sie über Bord werfen, noch ehe unsere Reise beendet ist!«

Als er das sagte, hatte er das Gefühl, er würde sich an einer Angel winden wie ein Fisch, der an Lucias Haken festsaß.

Es weckte in ihm die Erinnerung daran, wie er Alastair erzählt hatte, daß er sich so fühlte, wenn er versuchte, einer Ehe zu entgehen, aber er hatte das Gefühl, daß es jetzt noch beengender war. Und so sagte er:

»Lucia, Sie sollten einen Mann unterhalten, wenn Sie mit ihm essen, ihn zum Lachen bringen anstatt ihn zu zwingen, über sich selbst nachzudenken, wenn er eigentlich über Sie nachdenken sollte.«

Er sah die Röte in ihre Wangen steigen, ehe sie leise erklärte:

»Es . . . tut mir . . . leid. Mama . . . hat mir immer gesagt, daß . . . sich ein Mann langweilt, wenn . . . eine Frau zuviel . . . redet.«

Der Marquis hatte das Gefühl, nicht sehr nett gewesen zu sein, und so streckte er jetzt die Hand aus.

»Es hat mich überhaupt nicht gelangweilt. Ich habe nur Angst, von einer sehr tüchtigen Missionarin bekehrt zu werden, ehe ich wieder in England bin.«

Einladend legte er seine Hand auf den Tisch, und Lucia legte ihre Finger in seine Handfläche.

»Ich werde versuchen . . . Sie zu unterhalten«, versprach sie. »Aber . . . wie Sie sicher schon bemerkt haben . . . bin ich sehr unwissend.«

»Nicht auf intellektuellem Gebiet.«

»Aber ich weiß nicht, wie man einen weltgewandten Herrn unterhält.«

Seine Finger schlossen sich um ihre.

»Jetzt versuchen Sie absichtlich, mich zu provozieren. Aber lassen Sie mich Ihnen eines sagen, Lucia: Ich habe unser gemeinsames Abendessen genossen und erwarte, noch viele weitere zu genießen.«

Er sprach ganz ernst, und doch errötete sie wieder, und der Marquis gab ihre Hand frei.

»Sie sollten zu Bett gehen«, sagte er. »Sie haben heute eine Menge durchgemacht, und ich weiß, auch wenn Sie es nicht zugeben wollen, daß Sie müde sind. Also laufen Sie jetzt, Lucia, und überlassen Sie mich meinen Gedanken, die ganz und gar nicht so sind, wie ich es heute abend erwartet hätte.«

Unsicher, weil er so ganz anders sprach als zuvor, erhob sich Lucia von ihrem Platz.

Einen Moment lang blieb sie neben ihrem Stuhl stehen und sah den Marquis an.

»Danke, daß Sie so freundlich zu mir waren . . . und Papas Begräbnis arrangiert haben. Ich werde . . . niemals vergessen, was Sie getan haben . . . und ich kann Ihnen nur . . . in meinen Gebeten danken.«

Nach diesen Worten beugte sie sich vor und preßte ihre Lippen ganz kurz auf die Hand des Marquis, die noch immer auf dem Tisch lag.

Ehe er etwas sagen oder sich rühren konnte, hatte sie den Salon verlassen, und er hörte ihre Schritte auf ihre Kabine zueilen.

Der Marquis lauschte, bis Stille eingetreten war.

Danach saß er noch lange am Tisch, bis die Kerzen herabgebrannt waren und die Sterne am Himmel sichtbar wurden.

In Ihrer Kabine stand Lucia einen Augenblick mit an die Wangen gepreßten Händen da.

Sie wußte nicht, ob sie errötete, weil sie so viele Fehler gemacht hatte, oder weil die Stimme des Marquis' so freundlich gewesen war, als er sie zu Bett geschickt und erklärt hatte, daß er es genossen hatte, mit ihr zusammen zu sein.

»Er ist so wunderbar«, dachte sie, »und er sollte zum Sieg marschieren, oder als König über ein Land regieren, in dem es keine Ungerechtigkeit, keinen Hunger und keine Grausamkeit gibt.«

Als sie an ihn und an all das dachte, was er für sie getan hatte, hatte sie das Gefühl, er würde größer und immer größer werden, bis er den ganzen Himmel ausfüllte und nichts mehr neben ihm Platz hatte.

Sie trat ans Bullauge, zog den Vorhang beiseite und schaute in die Nacht hinaus.

»Vielleicht hat er recht, und ich sollte versuchen, ihn zu unterhalten und ihn zum Lachen zu bringen«, sagte sie sich.

Doch sie hatte das Gefühl, daß er, obwohl er ihr widersprochen hatte, in Wirklichkeit doch auf ihre Worte eingegangen war.

»Er *hat* mich verstanden«, sagte sie sich. »Er *hat* gewußt, daß er das tun muß.«

Sie dachte an all die Jahre, als sie und ihre Mutter über den Parlamentsberichten gebrütet und die Artikel in den Zeitungen gelesen hatten, die von dem Elend der Arbeiter und den Protesten berichteten, von der Bitte um Reformen, die schon vor langer Zeit vom Parlament hätten durchgesetzt werden müssen.

Aber selbst in Little Morden waren sie sich der Apathie der Regierung nach dem Krieg bewußt gewesen, dem schrecklichen Leid der Männer, die verkrüppelt und allein waren, ohne Pensionen oder Entschädigungen für die Opfer, die sie ihrem Land gebracht hatten, als sie dafür kämpften.

Abgesehen von alldem war da noch der Schrecken der Sklaverei, das Elend der »Kaminkehrer-Jungen«, die die Schlote reinigten, die Unzulänglichkeiten der »Fleischhäuser«, die es in London und anderen großen Städten gab, und die Grausamkeit Kindern gegenüber, die in den Bergwerken schufteten.

Weil Lucia so sensibel war, fand sie es unglaublich, daß all diese Dinge geschahen, während die reichen Aristokraten ihr Vermögen verspielten, Pferderennen veranstalteten und, wie der König, Berge von Schulden machten.

Von dem Augenblick an, als sie den Marquis bei dem Steeple Chase gesehen hatte, war sie immer sicher gewesen, daß er anders war.

Wenngleich sein Name nur selten in den Debatten des Oberhauses auftauchte, war sie immer der Meinung gewesen, daß er gegen all die Ungerechtigkeiten ankämpfen würde, die sie und ihre Mutter so empörend fanden.

Als er ihr beigestanden hatte, als er so verständnisvoll gewesen war, was die Gemälde ihres Vaters betraf, und so unglaublich freundlich ihr selbst gegenüber, da hatte sie es für unmöglich gehalten, daß er nicht nobel und groß sein sollte.

Aber heute war da zuerst Francesca gewesen, und jetzt, als er beim Abendessen erklärt hatte, er würde sich nicht für

Politik interessieren, hatte sie das Gefühl gehabt, er hätte ihr einen Schlag versetzt.

Er war nicht das, für das sie ihn gehalten hatte, und doch war sie sich klar darüber, daß er als Mann noch immer diese sonderbare Ausstrahlung hatte, die sie nie zuvor bei einem Menschen erlebt hatte, abgesehen von ihrem Vater.

Bei dem Marquis jedoch war sie nicht zu übersehen, und als sie anfing, sich auszuziehen, wußte sie, daß sie noch vor dem Ende der Reise dafür sorgen mußte, daß er an sich und sein Schicksal glaubte, so eingebildet das jetzt auch klingen mochte.

6

Nach dem Abendessen begaben sich der Marquis und Lucia an Deck.

In den ersten Tagen, als sie sich noch in der Adria befanden, war die See rauh gewesen, aber nachdem sie an Brindisi vorüber und um den Absatz Italiens ins Mittelmeer gefahren waren, war das Meer blau und fast so ruhig wie in der Lagune.

Weil man immer fürchten mußte, auf Piraten zu stoßen, wenn man sich nahe der Nordküste Afrikas aufhielt, hatte der Marquis Anweisung gegeben, durch die Meerenge von Messina zwischen Italien und Sizilien und dann weiter an der Westküste Italiens entlang zu steuern.

Jetzt konnten sie in der Ferne Lichter sehen, die mit den Sternen zu verschmelzen schienen, die am Himmel über ihnen standen.

»Das ist so wunderschön!« bemerkte Lucia nach einer Weile.

Stille herrschte. Dann sagte der Marquis, mit einer Stimme, wie sie sie noch niemals von ihm gehört hatte:

»Sie auch, Lucia!«

Als sie überrascht aufsah, legte er die Arme um sie und zog sie an sich.

Sie zitterte und hatte das Gefühl, in einen Traum geraten zu sein, als sich seine Lippen auf ihre senkten.

Sie konnte kaum glauben, daß es wirklich geschah.

Doch als der Marquis sie küßte, wußte sie, daß sie sich schon lange danach gesehnt hatte, nicht erst, seit sie an Bord der Yacht waren, sondern fast schon vom ersten Augenblick an, als sie ihn kennengelernt hatte.

Aber weil er unerreichbar wie der Mond zu sein schien, oder wie ein Übermensch, der vom Himmel herabgekommen war, um ihr zu helfen, hatte sie sich niemals erträumt, daß er sie berühren oder festhalten würde, wie er es jetzt tat.

Weil es genauso war, wie sie sich einen Kuß vorgestellt hatte, überließ sie sich seinen Lippen und verspürte dabei ein Gefühl von Ekstase, das anders war als alles, was sie kannte.

Es war Teil des Lichtes, an das ihr Vater geglaubt hatte, ein Teil der Schönheit Venedigs, umrahmt von Musik und Blumen, ein sonderbar geheimnisvolles Entzücken, das sie in den Himmel emportrug, bis sie nicht mehr auf der Erde war, sondern ein Teil des Göttlichen.

Als spürte der Marquis, was sie empfand, erregten die Weichheit und Unschuld ihres Mundes ihn, und seine Arme schlossen sich noch fester um sie, seine Lippen wurden fordernder, beharrlicher, besitzergreifender.

Ein merkwürdiges Feuer ging von ihnen aus, das Lucia das Gefühl gab, eine warme Welle strömte durch ihren Körper.

Es wurde immer intensiver in ihrer Brust und in ihrer Kehle, bis es schließlich ihre Lippen erreichte und sie mit einer brennenden Flamme mit dem Marquis verband, einer Flamme, die in sich selbst Verzückung war.

Ein Jahrhundert schien vergangen, als der Marquis endlich den Kopf hob, und mit einer Stimme, die kaum mehr als ein Flüstern war, erklärte sie:

»Ich . . . ich . . . liebe dich! Und ich wußte nicht . . . daß ein Kuß . . . so sein könnte.«

»Ich habe dich schon seit langer Zeit küssen wollen«, sagte der Marquis mit seiner tiefen Stimme. »Aber ich fürchtete, dich zu erschrecken.«

»Ich habe . . . keine Angst«, antwortete Lucia. »Ich habe das Gefühl, du hast mir etwas so . . . Wunderbares . . . so Perfektes gegeben, daß . . . es keine Worte gibt, mit denen ich dir . . . sagen kann, wie . . . wunderbar es war.«

Der Marquis erwiderte nichts, sondern küßte sie nur wieder, und Lucia erschien es, als ständen sie beide in einem blendenden Licht, das nicht vom Himmel herabströmte, sondern aus ihnen selber kam.

»Licht ist . . . Liebe«, dachte sie.

Und dann gab es auf der ganzen Welt nichts anderes mehr als den Marquis, seine Arme, seine Lippen.

Später, als wären die Gefühle, die sie ineinander erweckt hatten, zu stark, um ertragen zu werden, legte Lucia ihren Kopf auf die Schulter des Marquis.

»Könnte jemand bezaubernder oder bewundernswerter sein?« fragte er. »Und so anders als alle, die ich je gekannt habe.«

»Ist das . . . wahr?«

»Ich schwöre es dir. Noch nie ist mir ein Kuß so wundervoll erschienen, noch niemals habe ich für eine Frau empfunden, wie ich für dich empfinde.«

Lucia holte tief Luft.

»Ich hätte . . . nie gedacht, mir niemals . . . vorstellen können, daß du mich küssen würdest.«

»Ich weiß.« Der Marquis lächelte. »Aber jeden Abend, wenn du mit mir gestritten und versucht hast, mich zu überzeugen, daß ich ein Kreuzfahrer werden müßte, habe ich mir gewünscht, über viel intimere Dinge mit dir zu reden.«

»Habe ich dich . . . gelangweilt?« fragte sie schnell.

»Wie könntest du mich langweilen?« erwiderte er. »Ich kann dir eines versichern, mein Liebling: Noch niemals haben sich Menschen miteinander gelangweilt, wenn sie verliebt waren.«

Er spürte, wie sie zitterte.

»Ich . . . kann es nicht glauben . . . kann nicht glauben, daß . . . du mich liebst, aber ich nehme an, es war . . . unvermeidbar, daß ich . . . mich in dich verliebt habe, obwohl ich glaube, daß ich dich in Wirklichkeit . . . anbete.«

»Du machst mich eingebildet – aber gleichzeitig auch sehr stolz. Ich kann dir nur versprechen, mein Schatz, daß ich für dich sorgen werde, und du sollst niemals mehr allein oder verängstigt sein.«

Lucia stieß einen Seufzer aus, der aus den tiefsten Tiefen ihrer Seele zu kommen schien.

»Ich habe mir gewünscht, daß du das sagen würdest. Ich hatte solche Angst davor, was geschehen würde, wenn wir . . . in England ankommen . . . und ich habe mir gewünscht, daß die *Sea Horse* sehr . . . sehr langsam fährt.«

»Wir werden Pläne schmieden«, sagte der Marquis. »Aber im Augenblick möchte ich dich nur küssen.«

Wieder lagen seine Lippen auf ihren, und er küßte sie, bis sie vor Staunen und Freude zu zittern begann und fühlte, wie auch er bebte.

Dann sagte er:

»Wie konnte ich wissen, daß es auf der Welt einen Menschen wie dich gibt? Und doch glaube ich, von dem Augenblick an, als ich dich zum erstenmal sah, als du neben mir auf der *Piazza* gestanden hast, draußen vor dem ›Florian‹, da hätte ich begreifen müssen, daß ich dir niemals entkommen werde.«

»Möchtest du . . . das denn?«

»Du weißt sehr gut, daß das eine dumme Frage ist. Wir sind eine Person, Lucia, wir wissen, was der andere denkt, wir vibrieren aufeinander zu, so daß du mein bist, jetzt und für alle Zeiten.«

»Das . . . möchte ich . . . auch sein.«

»Du bist es, und ich werde es wieder und wieder sagen, bis du mir glaubst, denn ich kann nicht entfliehen, und du genausowenig.«

Als er sprach, berührten seine Lippen sanft ihre Stirn und die zierliche, gerade Nase. Als ihr Mund für seinen Kuß bereit war, küßte er stattdessen ihr kleines, spitzes Kinn. Dann bewegte sich der Marquis unerwartet und küßte sie auf den weichen Nacken.

In diesem Augenblick hatte Lucia das Gefühl, Strahlen des Sternenlichts würden ihren Körper durchlaufen.

Sie gaben ihr ein Gefühl, das halb Ekstase, halb Schmerz war, so daß ihr Atem stoßweise und keuchend kam, und sie ihren Körper an den des Marquis drängte.

»Meine Süße! Mein Liebling!« rief er.

Dann lag sein Mund auf ihrem, und er küßte sie leidenschaftlich und besitzergreifend auf eine Art, wie er es vorher nicht getan hatte.

Lucia wußte, daß er recht hatte mit der Bemerkung, sie wären eine Person, daß sie mit ihm verschmolz und keine eigene Identität mehr besaß.

Erst als sie glaubte, niemand könnte ein solches Entzücken erfahren und trotzdem am Leben bleiben, fragte der Marquis:

»Warum sollten wir warten? Ich will dich jetzt, in diesem Augenblick, aber ich will dir zuerst erzählen, welche Pläne ich habe.«

Lucia war benommen und verwirrt von den Gefühlen, die er in ihr erweckt hatte, und so war es unmöglich für sie, ihm zu antworten. Deshalb legte sie nur wieder den Kopf an seine Schulter.

»Du hast deine alte Kinderfrau erwähnt«, sagte der Marquis, als müßte er sich zwingen, vernünftig zu reden, »aber ich habe mir gedacht, anstatt daß du zu ihr ziehst, könntest du sie nach London bringen.«

Lucia war verwirrt, sagte aber nichts, und er fuhr fort:

»Sie kann sich in einem Haus um dich kümmern, das ich für dich kaufen werde, so nah wie möglich bei meinem. Dann bist du nie allein, und ich werde jeden Augenblick mit dir verbringen, den ich nur kann.«

Es fiel Lucia schwer, an etwas anderes zu denken als an das Licht, das aus ihr selbst und dem Marquis zu kommen schien.

Es blendete nicht nur ihre Augen, sondern auch ihren Geist, und wieder stieß sie nur ein Murmeln aus, fiel es ihr schwer zu verstehen, was er sagte.

»Wir werden sehr, sehr glücklich sein«, fuhr der Marquis fort. »Ich verspreche dir – und du weißt, daß ich meine Versprechen niemals breche –, daß ich, wenn wir uns in hundert Jahren von heute trennen müssen, für dich sorgen werde. Du wirst niemals wieder so arm sein wie in Venedig, und es wird dir an nichts fehlen.

Erst jetzt kam Lucia aus ihrer Trance, versuchte zu fassen, was er sagte.

»Ich . . .verstehe . . . nicht?«

»Wir haben später noch mehr als genug Zeit, um darüber zu sprechen«, sagte der Marquis. »Aber jetzt, mein Schatz, möchte ich dich nur küssen und dir die Liebe zeigen.«

Seine Lippen waren den ihren ganz nahe, als er sagte:

»Wie gesagt, warum sollten wir warten? Wir lieben einander, und du gehörst mir, bist mein für immer!«

Ehe sie antworten konnte, ehe sie ihn fragen konnte, was er meinte, küßte er sie bereits wieder.

Diesmal schien das Feuer von seinen Lippen eine Bahn durch ihren ganzen Körper zu brennen, und sie hatte das Gefühl, Flammen sprangen in ihrer Brust auf, wurden mit jedem Kuß den der Marquis ihr gab größer und heißer.

So plötzlich, daß sie fast gefallen wäre, zog er seine Arme zurück und sagte:

»Ich kann nicht mehr warten! Geh in deine Kabine, Liebes. Ich werde in ein paar Minuten nachkommen.«

Als hätten seine Worte einen Traum zerstört, als wäre das Licht, das sie geblendet hatte, schwächer geworden, und sie könnte klarer sehen, sagte sie:

»Was . . . sagst du . . . da? Was . . . erwartest du . . . von mir?«

»Ich sage dir, daß ich dich liebe«, antwortete der Marquis.

»Es wird das Aufregendste sein, was ich in meinem ganzen Leben gemacht habe, dir die Liebe beizubringen.«

Er zog sie noch einmal in die Arme und sagte:

»Ich werde ganz sanft sein, dich nicht erschrecken, aber ich will dich, und ich werde dafür sorgen, daß auch du mich willst.«

Seine Stimme war tief und heiser vor Leidenschaft, aber es kam Lucia so vor, als würde das Feuer, das in ihr aufgeflammt war, plötzlich erlöschen, als wäre es von einem kalten Wind ausgeblasen worden.

Sie stemmte beide Hände gegen die Brust des Marquis und stieß ihn ein kleines Stück von sich fort. Dann sagte sie mit einer Stimme, die nicht ihr zu gehören schien:

»Was . . . verlangst du . . . von mir?«

»Ich bitte dich nur, mich zu lieben wie ich dich liebe!«

»Ich . . . liebe dich . . . ich liebe dich von ganzem Herzen, aber da ist immer noch etwas, das ich nicht verstehe.«

Der Marquis lächelte, als er sagte:

»Zur Liebe gehört mehr als Küsse, und deshalb möchte ich dich ganz nah bei mir haben, dir erklären, wie wundervoll Liebe sein kann, wenn zwei Menschen so fühlen wie wir.«

Wieder hatte Lucia das Gefühl, ein eisiger Wind hätte sie umhüllt, und ihr Körper war starr und unnachgiebig, als sie mit einer Stimme, die er kaum hören konnte, meinte: »Heißt das, du bittest mich . . . deine Geliebte . . . zu sein?«

Als sie das sagte, konnte sie Francescas Augen in ihrem schönen Gesicht blitzen sehen, hörte die Leidenschaft in ihrer Stimme, als sie das Stilett gegen den Marquis erhob.

Auf ihre Frage hin erstarrte jetzt auch der Marquis. Dann sagte er:

»Mein Liebling, ich möchte nicht, daß du es so siehst.«

»Aber . . . genau das . . . verlangst du doch von mir!«

»Worte sind unwichtig, Namen Schall und Rauch. Wir sprechen von uns, Lucia – von dir und mir.«

»Was du . . . vorschlägst, ist . . . unrecht.«

»Wer soll das entscheiden? Mein Liebling, denk doch einmal praktisch. Welche Alternative gibt es denn für dich, außer zu versuchen, dir deinen Lebensunterhalt zu verdienen? Und ich bin sicher, daß du das allein und unbeschützt nicht schaffen wirst.«

Als Lucia schwieg, fuhr der Marquis nach einer Weile fort:

»Ich verspreche dir, daß ich mich um dich kümmern werde. Wir werden sehr glücklich zusammen sein, und wenn wir in London sind, werde ich in das Haus kommen, das ich dir und deiner alten Kinderfrau schenke. Aber es werden viele Tage kommen, in denen wir zusammen auf der *Sea Horse* sind, oder gemeinsam nach Frankreich oder sonstwohin reisen.«

Er sprach, als wollte er sie überreden, verführen, aber obwohl seine Arme noch immer um sie lagen, hatte sie den Eindruck, eine breite Kluft hätte sich zwischen ihnen aufgetan.

Dann fiel ihr plötzlich der Ausdruck auf dem Gesicht des Marquis' ein, mit dem er Francesca angesehen hatte, und sie hörte noch einmal die eisige Wut in seiner Stimme, als er sie aufforderte, sein Haus zu verlassen.

In diesem Augenblick wußte sie, auch wenn sie es nicht erklären konnte, nicht mit ihm argumentieren konnte, daß sie nicht bei ihm bleiben konnte.

Mit dem leisen Aufschrei eines kleinen Tieres, das verletzt worden ist, rief sie:

»Nein! Nein . . . nein!«

Ehe der Marquis sie zurückhalten konnte, war sie schon fortgelaufen und verschwand unten in ihrer Kabine.

Er machte einen Schritt, als wollte er ihr folgen.

Aber dann drehte er sich um, hielt sich an der Reling fest und schaute zu den Lichtern an Land und zu den Sternen am Himmel, ohne sie zu sehen.

In ihrer Kabine verschloß Lucia die Tür, warf sich auf ihr Bett und verbarg ihr Gesicht im Kissen.

Sie zitterte so krampfhaft, daß sie einen Augenblick lang glaubte, ihre Zähne müßten klappern.

Als sie versuchte nachzudenken, hatte sie den Eindruck, ihr Gehirn hätte zu arbeiten aufgehört, und es fiel ihr schwer zu atmen.

Sie lag da und hatte das Gefühl, in ein dunkles Verließ gefallen zu sein, aus dem sie den Weg nach draußen nicht finden konnte.

Es verging geraume Zeit, bis sie wieder klar denken konnte, und dann fragte sie sich wieder und wieder:

»Wie konnte er . . . von mir erwarten, so etwas . . . zu tun? Wie konnte er . . . glauben, daß ich . . . zu dieser Art Frau . . . gehöre?«

Ihr fielen die Männer ein, die sie in Venedig verfolgt hatten. Sie hatten gedacht, sie gehörte zu »dieser Art Frau«, und das empfand sie als Erniedrigung und Beleidigung.

Aber daß ausgerechnet der Marquis erwartete, daß sie den Platz von Francesca einnehmen würde, die er gerade verstoßen hatte, daß er ihr vorschlug, ihr ein Haus zu schenken als Bezahlung für ihre Liebe, das erweckte in ihr das Gefühl, in einem Sumpf aus Schmutz und Schande zu versinken.

»Wie konnte er nur? Wie konnte er es wagen auch nur zu denken, daß ich einem solchen Vorschlag zustimmen würde?« fragte sie sich.

Sie stellte sich diese Frage wieder und wieder.

Dann wurde sie allmählich ruhiger, hörte auf zu zittern und bemühte sich, logisch zu denken.

Aber das war unmöglich, denn sobald sie an den Marquis als Mann dachte, erinnerte sie sich nur noch an das Wunder seiner Küsse, an die Empfindungen, die er in ihr geweckt hatte als er sie auf den Nacken küßte.

»Ich liebe ihn! Ich liebe ihn!« flüsterte sie in die Dunkelheit.

Tränen ihrer Liebe drohten sie zu ersticken, liefen ihr übers Gesicht.

Aus Angst, der Marquis könnte sie schluchzen hören, drehte sie das Gesicht ins Kissen und weinte, bis sie dem Ersticken nahe war.

Es verging eine ganze Stunde, bis sie vom Bett aufstand, ihr Abendkleid auszog, ihr Nachthemd überstreifte und unter die Decke schlüpfte.

Sie wußte nicht, ob der Marquis zu Bett gegangen war, ob er an ihre Tür gekommen war, vielleicht um sich zu entschuldigen, vielleicht, um sie zu überreden.

Sie wußte nur, daß sie so heftig geweint hatte, daß sie über ihrem Gefühlsausbruch nichts anderes bemerkt hatte.

Sie fühlte sich zu Tode erschöpft. Gleichzeitig war sie jedoch wieder in der Lage, klar zu denken, was vorher nicht möglich gewesen war.

Als sie jetzt im Bett lag, ging sie in Gedanken noch einmal genau durch, was geschehen war, war sich zum erstenmal bewußt, daß sie auf kindliche Art immer angenommen hatte, wenn sie einen Mann liebte, und er diese Liebe erwiderte, daß sie dann auch heiraten würden.

Sie war sich klar darüber, daß es für den Marquis unmöglich war, jemanden wie sie zu heiraten.

Ihre Mutter hatte ihr von der Wichtigkeit und Verantwortung englischer Aristokraten erzählt.

»Sie sind fast wie Könige auf ihren eigenen Ländereien, mein Schatz«, hatte sie lächelnd erklärt. »Die Menschen, die dort leben, blicken zu ihnen auf, suchen von ihnen Schutz und Hilfe, und ihr Wort ist Gesetz!«

Dann hatte sie Lucia erklärt, daß die Angehörigen adliger Familien sich mit Angehörigen anderer Adelsfamilien vermählten.

»Nur in Märchen und Romanen kommt es vor, daß das »Aschenbrödel« den Prinzen heiratet, und ich bin sicher, es ist dir klar, daß das in der wirklichen Welt nicht passiert.«

»Aber manchmal, Mama, heiratet die Prinzessin den Schweinehirten«, hatte Lucia bemerkt.

Ihre Mutter hatte gelacht, ehe sie fortfuhr:

»Alles, was wirklich zählt, mein Schatz, ist, daß sich zwei Menschen, wenn sie heiraten, wirklich lieben. Nichts anderes, und das meine ich ernst, ist dann noch wichtig.«

Lucia wußte jetzt, daß das nicht die Antwort auf ihr Problem war.

Sie hatte sich keinen Augenblick eingebildet, daß der Marquis sie bitten würde, ihn zu heiraten, und sie wußte nach dem, was er gesagt hatte, daß er niemals daran gedacht hatte.

Natürlich konnte sie in seinem Leben die Stellung der Mätresse einnehmen, und wenn sie vernünftig war – wäre dies eine Stellung, die sie annehmen sollte, denn ihr blieb keine Alternative.

Doch wenn sie es tat, würde sie damit die Ideale, die Anerkennung der Schönheit zerstören, in deren Glauben sie von Kindesbeinen an erzogen worden war.

Es war Schönheit gewesen, die in dem kleinen Häuschen gezählt hatte, in dem sie in Little Morden gelebt hatten.

Es war Schönheit, die ihre Mutter ihrem Vater und ihr geschenkt hatte, und es war Schönheit, die ihr Vater in seinen Gemälden einzufangen versuchte.

Die Schönheit von Leben und Liebe, denn beide Worte waren Synonyme.

»Es wäre unrecht von mir, das zu zerstören«, argumentierte Lucia mit sich selbst, »nicht nur, weil die Kirche es eine Sünde nennen würde, sondern weil ich mich gegen meine Seele und alles, an das ich glaube, versündigen würde.«

Sie ertappte sich bei der Frage, ob ihre Mutter recht gehabt hatte, als sie erklärte, daß Liebe wichtiger sei als alles andere.

Sie erinnerte sich an das Entzücken, das der Marquis in ihr erweckt hatte, an das Wunder seiner Lippen, bis ihr erneut die Tränen über die Wangen liefen.

»Ich liebe . . . ihn! Ich liebe . . . ihn!« schluchzte sie.

Sie wußte, was immer er auch von ihr verlangen mochte, wie beleidigend sie es auch finden mochte, sie liebte ihn noch immer so sehr, daß alles andere nebensächlich wurde.

Der Marquis stand lange Zeit an Deck.

Er bemerkte nicht, daß sich das Schiff aufs Ufer zu bewegte, bis ihm plötzlich auffiel, daß die Lichter näher gekommen waren. Offensichtlich lief der Kapitän einen ruhigen Hafen an, in dem sie die Nacht verbringen konnten.

Er fand es für die Mannschaft und auch für sich selbst immer besser, wennmöglich zwischen Mitternacht und Sonnenaufgang Anker zu werfen, um dann am Morgen ausgeruht die Fahrt fortzusetzen.

Da Kapitän Bateson die Küste gut kannte, hatte der Marquis es ihm überlassen, die Ankerplätze auszusuchen.

Doch als die Yacht näherkam, und nur wenige Lichter zu erkennen waren, war er sicher, daß sie eine ruhige Bucht anlaufen würden, in der sie nicht von neugierigen Menschen bestaunt werden würden. Sie würden also wohl eine völlig ungestörte Nacht verbringen können.

Seine Gedanken wanderten wieder zu Lucia, und er fragte sich, was er mit ihr tun sollte.

Er hatte in gewisser Weise damit gerechnet, daß sie entsetzt sein würde, wenn er ihr vorschlug, ihr Beschützer zu werden.

Aber was hätte er anderes tun können als ihr anzubieten, für sie zu sorgen, sie davor zu bewahren, allein zu sein und – denn davon war er überzeugt – von anderen Männern belästigt zu werden?

Wie Lucia sich auch gesagt hatte, hatte der Marquis eine sehr klare Vorstellung von seiner eigenen Bedeutung und war außerordentlich stolz auf sein Erbe.

Er hatte Alastair gesagt, daß er nicht die Absicht hatte, sich zu verheiraten, aber er wußte doch, daß er früher oder später einen Erben haben mußte, und das hieß, daß er sich eine Frau nehmen mußte.

Er hatte es jedoch nicht eilig damit, und er hatte nicht die Absicht zu heiraten, bis es absolut unerläßlich für ihn war.

Schon als kleiner Junge hatte er gewußt, daß seine Frau in der Gesellschaft eine ebenbürtige Rolle spielen mußte, denn jede Frau, die seinen Namen trug, hatte eine traditionelle Rolle zu erfüllen, nicht nur in der Grafschaft, in der seine Familie seit fünf Generationen lebte, sondern auch bei Hofe.

So, wie es zu den Pflichten seiner Ehefrau gehörte, wohltätigen Organisationen, Waisenhäusern, Schulen und Krankenhäusern vorzustehen, wie es seine Mutter getan hatte, so war die Marchioness of Wynchcombe auch traditionsgemäß Hofdame der Königin, wenn es eine gab.

Der Marquis fürchtete zwar den Augenblick, in dem er sich verheiraten mußte, war sich aber auch im klaren darüber, daß eine *mesalliance*, wie der König sie eingegangen war, als er die falsche Gemahlin gewählt hatte, verhängnisvoll sein könnte, nicht nur von seinem eigenen, sondern auch vom Standpunkt seiner Familie aus.

Er hatte sich deshalb nie auch nur für einen Moment vorgestellt, daß er die Frau, die als seine Ehefrau in Frage kam, außerhalb der Salons von Mayfair oder des Ballsaals im Bukkingham Palast finden würde.

So kam es ihm jetzt vor, als hätte ihm der Teufel persönlich den Gedanken eingegeben, denn er war überzeugt, daß er, wenn er schon heiraten müßte, nur mit Lucia glücklich werden könnte.

»Ich begehre sie nicht nur körperlich«, sagte er sich, »sie regt auch meinen Geist an und bringt mich auf Gedanken, wie ich sie nicht mehr gekannt habe, seit ich in Oxford war.«

Er erinnerte sich, daß er in jenen Tagen eine ritterliche Vorstellung von Frauen gehabt hatte, und er mit seinen Freunden damals nächtelang über die Ideale gesprochen hatte, die die Malteser veranlaßt hatten, ihr Keuschheitsgelübde abzulegen.

Weil sie selbst die Welt reformieren wollten, hatten sie darüber diskutiert, ob sie es ihnen gleichtun sollten.

Es war halb im Ernst, halb im Spiel geschehen, und doch dachte der Marquis jetzt, daß er sich zu jener Zeit tatsächlich für einen Kreuzritter für alles gehalten hatte, was die Menschen erleuchten könnte.

Als er dann Oxford verlassen hatte, um in die Armee einzutreten, hatte es Frauen gegeben, und immer mehr Frauen, die ihn alles außer den exotischen und sinnlichen Vergnügungen des Körpers vergessen ließen.

Als er dann in den Krieg gezogen war, war es schwer gewesen, an irgend etwas anderes als die Notwendigkeit zu denken, am Leben zu bleiben.

Danach war er nach England zurückgekehrt, war zu einem Führer der wilden, liederlichen *Beau Monde* geworden.

Als einer der engsten Freunde des Regenten erwartete man von ihm, die Gesellschaft von Frauen und all die anderen Vergnügungen des Fleisches zu genießen.

»Verdammt noch mal, ich will immer noch nichts anderes!« sagte der Marquis scharf zu sich selbst.

Doch dann sah er plötzlich das Leuchten in Beaumonts Gemälden vor sich, die vergeistigte Schönheit von Lucias Gesicht.

Er war sich bewußt, wie sehr Francesca sie im Anschluß an das Begräbnis ihres Vaters erschreckt und geschockt haben mußte.

Und er wußte, niemand hätte sich tapferer oder würdevoller verhalten können als sie, und niemand hätte schneller und intelligenter reagieren können, um ihm das Leben zu retten.

»Ich liebe sie!« sagte er in die Dunkelheit, gerade, als Lucia in ihrer Kabine dasselbe sagte.

»Ich liebe sie! Ich liebe sie!« wiederholte der Marquis leise.

Verzweifelt fragte er sich dann, wie er, auch wenn er es wünschte, die Tochter eines Künstlers heiraten konnte.

Es hatte keinen Sinn, auch nur für einen Augenblick so zu tun, daß Künstler, so berühmt und geschätzt sie auch waren, in der Gesellschaft als denjenigen ebenbürtig angesehen wurden, die für ihre Werke bezahlten.

Künstler waren Händler, übergeordnete Händler zwar, aber immer noch Händler, die Geld im Tausch gegen ihre Ware nahmen.

Der Marquis dachte daran, daß sein Vater niemals auf die Idee gekommen wäre, einen der Künstler einzuladen, mit ihm an einem Tisch zu sitzen, wenn sie in sein Haus kamen.

Sie kamen, um ihm einen Rat bezüglich seiner Gemälde zu geben, oder um ihm neue zu bringen, die er seiner berühmten

Sammlung hinzufügen wollte. Aber wenn sie aßen, dann in einem Zimmer für sich, und ganz gewiß nicht mit dem Hausherrn.

Während sich der Marquis in seinem Bett hin- und herwarf, ertappte er sich dabei, daß der Wunsch nach Lucia so intensiv wurde, daß er am liebsten ihre Tür eingetreten und sich ihr aufgezwungen hätte.

»Wenn ich sie zur Meinen mache«, dachte er, »dann wird es in Zukunft keine Argumente mehr geben, dann muß sie sich auf mich verlassen, weil sie keine Alternative hat.«

Aber er wußte, selbst, wenn er ihren Widerstand körperlich brechen konnte, ihren Geist zu vergewaltigen würde ihm niemals gelingen.

Keine andere Frau hatte in ihm den Wunsch so stark werden lassen, sie zu beschützen. Vom ersten Augenblick an, als er sie sah, hatte er gewußt, daß er sie vor alldem beschützen mußte, das ihre Augen mit Furcht erfüllte.

Er hatte gegen dieses Gefühl angekämpft, hatte sich gesagt, es wäre nur eine Illusion. Doch als ihr Vater starb und Lucia sich trostsuchend an ihn wandte, da hatte er gewußt, daß es kein Entrinnen gab, daß sie ihm gehörte.

»Was kann ich tun? Was, zum Teufel, kann ich tun?« grübelte der Marquis.

Erst als der erste Schimmer am Horizont die Morgendämmerung verkündete, hatte er eine Antwort gefunden.

Auch Lucia hatte nicht schlafen können.

Nach einer Weile betete sie nicht mehr darum, sondern setzte sich in ihren Kissen auf.

Es war sehr still, abgesehen von dem sanften Plätschern der Wellen am Bug des Schiffes, und da sie die Vorhänge nicht vor das Bullauge gezogen hatte, konnte sie draußen am Himmel die Sterne sehen.

Sie erinnerte sich daran, wie der Marquis ihr John Donne zitiert hatte, wie er gesagt hatte, er wünschte sich, sein Traum möge in Erfüllung gehen.

»Ich möchte ihm dabei helfen«, dachte sie traurig.

Sie erinnerte sich daran, wie sie ihm erklärt hatte, wieviel es für ihn im Oberhaus und in seinem Land zu tun gab.

»Er ist so intelligent und wichtig, er könnte die Leute dazu bringen, auf ihn zu hören, und wenn er auch versucht, es nicht einzugestehen, die Reformen, von denen wir gesprochen haben, sind sehr wichtig. Ich weiß, ich könnte ihm helfen zu verstehen, was getan werden muß.«

Plötzlich, als würde ihre Mutter mit ihr sprechen, wie sie es so oft in der Vergangenheit getan hatte, fand sie sich dabei zu planen, was sie zu dem Marquis sagen wollte, hörte die Argumente, die sie ihm entgegenhalten wollte, fast in Form einer Bitte, die er nicht abschlagen konnte.

Als dann die Sterne verblaßten, und der erste Schimmer der Morgendämmerung am Horizont auftauchte, wußte sie, daß die Liebe mehr zählte als alles andere.

Weil sie den Marquis liebte, und weil das Gute, das er in der Welt tun konnte, wichtiger war als ihre Prinzipien und ihr Gewissen, mußte sie tun, um was er sie gebeten hatte.

»Vielleicht werde ich . . . dafür bestraft werden, Mama«, flüsterte sie leise als würde ihre Mutter wirklich zuhören. »Und vielleicht wird er mich . . . irgendwann fortschicken, wie er . . . es mit der Venezianerin getan hat, mit . . . Haß im Herzen und Augen wie Stahl, aber bis dahin . . . werde ich ihm zumindest gezeigt haben, wie wichtig er ist . . . und was er tun kann.«

Sie wartete, als würde ihre Mutter antworten, und fuhr dann fort:

»Du hast Papa so über alle Maßen geliebt, und es ist nur dem Glück zu verdanken, das du ihm geschenkt hast, daß er so brillant malen konnte.«

Sie brach ab, als sie an die Gemälde ihres Vaters dachte, und daran, wie seine Geschicklichkeit, das Licht des Lebens, das er in sich spürte, auf die Leinwand zu bannen, von Jahr zu Jahr zugenommen hatte.

Aber es war ihre Mutter gewesen, die ihren Vater ermutigt

und inspiriert hatte, ihm bewußt gemacht hatte, daß es seine Pflicht war, diese Gemälde für die Zukunft zu malen, selbst, wenn niemand ihn verstand oder seine Werke guthieß.

»Eines Tages wird jemand sie verstehen«, hatte sie gesagt, »und das, mein Liebling, ist das Geschenk, das du der Welt machst.«

»Ich bin sicher, Mama«, fuhr Lucia fort, »so, wie du Papa gezeigt hast, daß er niemals aufgeben darf, daß das Licht in seinen Bildern von Gott kommt, so kann ich dem Marquis dasselbe Licht geben, damit er jene führt, die seine Führung benötigen, um zu verstehen, was Mitgefühl, Verständnis und Gerechtigkeit fordern.«

Der erste Glanz der Sonne tauchte die Kabine in ein diffuses Licht, das für Lucia die Antwort zu sein schien, nach der sie gesucht hatte.

Es war, als würde ihre Mutter zu ihr sprechen und ihr erklären, daß die Liebe, die sie für den Marquis empfand, ein Geschenk Gottes war, das nicht vergeudet werden durfte.

»Ich werde ihm sagen, daß ich tue . . . was er wünscht, und darum beten, daß er . . . mich nicht zu schnell langweilig . . . findet und fortschickt«, beschloß Lucia.

Sie war sich nicht genau darüber im klaren, was es bedeutete, die Geliebte eines Mannes zu sein, aber sie war sicher, daß es, wenn der Marquis sie liebte, ebenso wunderbar und perfekt sein würde, wie seine Küsse es gewesen waren.

Er hatte gesagt, daß er ihr gegenüber anders fühlte und sie liebte, wie niemals eine Frau zuvor, und deshalb wollte sie glauben, daß es keinen Vergleich zwischen seiner Liebe zu ihr und Francesca geben würde, oder zu irgendeiner anderen Frau, die in seinem Leben eine Rolle gespielt hatte.

Und doch glaubte sie aufgrund ihrer Erziehung, daß die Liebe ein Teil Gottes war, und daß sie immer das Gefühl haben würde, sich zu versündigen, auch, wenn sie das niemals sagen durfte.

»Ich werde wieder und wieder um Vergebung beten«, nahm sie sich vor, »und vielleicht werde ich mich nicht so sehr schämen, weil ich dem Marquis helfe, anderen Menschen zu helfen.«

Aber so sehr sie auch versuchte, sich selbst zu überzeugen, sie konnte Francescas geschminktes Gesicht und ihre ganze aufsehenerregende Erscheinung nicht vergessen.

Das hatte in Lucias Augen nicht nur ihren künstlerischen Beruf verraten, sondern auch, daß sie wie eine der Frauen war, die sich von den Aristokraten Venedigs aushalten ließen.

Ihre Mutter hatte sie damals mit gerunzelter Stirn betrachtet und sich geweigert, über sie zu sprechen.

»Es gibt Frauen, die keine Dame auch nur bemerkt, mein Liebes«, hatte sie zu Lucia gesagt.

»Sie sind sehr auffällig, Mama«, hatte Lucia einmal bemerkt, als sie in der Oper waren.

Sie hatte gesehen, wie sie sich von einer Loge zur anderen zuwinkten, hatte sie laut lachen hören und beobachtet, wie sie mit ihren männlichen Begleitern auf beinahe unverschämte Art flirteten.

»Schau auf die Bühne, Lucia!« hatte ihre Mutter in scharfem Ton befohlen. »Und vergiß nicht, daß diese Geschöpfe für eine Dame nicht einmal existieren.«

Aber sie existieren, dachte Lucia jetzt, und der Marquis hatte sie gebeten, eine von ihnen zu werden.

Sie fragte sich, ob er von ihr wünschen würde, sich das Gesicht anzumalen, und ob er ihr auch Schmuck schenken würde wie Francesca.

Wenn sie mit ihm zusammen war, würden Damen wie ihre Mutter durch sie hindurchsehen, und für sie würde sie nicht einmal existieren.

Sie fühlte, daß sie bebte, genauso wie sie gebebt und vor den Männern zurückgeschreckt war, die sie in Venedig verfolgt hatten.

Aber sie erkannte, daß es überall, wohin sie auch ging, Männer geben würde, die sie bedrohten, wenn der Marquis nicht neben ihr war.

Selbst wenn sie sich in Little Morden versteckte und für den

Rest ihres Lebens nur mit Nanny und den Dorfbewohnern verkehrte, würden sie sie immer noch finden.

»Was kann ich sonst tun?« fragte sie sich. »Wenn das Geld, das der Marquis mir für die Gemälde gibt, ausgegeben ist, muß ich mir meinen Lebensunterhalt irgendwie verdienen.«

Als hätten sich ihre Gedanken im Kreis gedreht, war sie jetzt wieder da, wo sie angefangen hatte, und wußte, so verabscheuenswert es auch war, daß sie mit dem Marquis sicher wäre.

Dann brauchte sie nichts mehr zu fürchten außer den Augenblick, wenn er sie nicht mehr begehrte, und sie würde auch mit ihm zusammenarbeiten, versuchen, seinen Wunsch in Erfüllung gehen zu lassen.

»Ich werde es tun«, beschloß sie erneut, »aber . . . bitte, lieber Gott . . . hilf mir.«

Die Sonne färbte sich golden, als sie am Horizont aufstieg, und man hörte Schritte auf Deck.

Lucia stand auf und zog sich an. Sie fühlte sich ganz ruhig, nachdem sie ihren Entschluß gefaßt hatte.

Sie hatte das Gefühl, das Gethsemane, das sie durchlebt hatte, hätte ein Zeichen auf ihrem Gesicht hinterlassen.

Doch als die Sonne in ihre Kabine fiel, ließ sie ihre Augen leuchten, fand das Gold ihres Haares und brachte die Klarheit ihrer Haut zum schimmern.

»Das kommt, weil ich ihn trotz allem liebe«, dachte sie.

Als sie ihr einfaches Kleid anzog, das vom vielen Waschen dünn geworden war, spürte sie, wie ihr Herz wild in ihrer Brust schlug, weil sie in wenigen Minuten den Marquis wiedersehen sollte.

Sie dachte, wie froh er sein würde, weil sie bereit war, auf seine Bitte einzugehen.

Er würde sie anlächeln, würde sie vielleicht wieder küssen, so daß sie es unmöglich finden würde, an etwas anderes zu denken als an das Entzücken, das er in ihr weckte, und daran, daß sie ihn mehr liebte als sich selbst.

Das war die Wahrheit.

Und wenn er sie dann nicht mehr in seinem Leben haben wollte, dann würde es leicht für sie sein zu sterben.

»Ich werde leben und lieben, denn ohne ihn werde ich mich so fühlen, wie Papa sich gefühlt hat, als Mama starb. Ich werde denken, daß es nichts mehr gibt, für das es sich zu leben lohnt«, sagte sie sich.

Sie warf einen letzten Blick in den Spiegel, fand, daß sie ihr Haar auf besonders hübsche Art frisiert hatte und stellte fest, daß ihre Augen leuchteten – oder war es nur die Sonne, die durchs Bullauge fiel?

Als sie dann ihren Mund ansah und an die Küsse des Marquis vom Abend zuvor dachte, errötete sie.

Sie war fast sicher, daß ihre Lippen jetzt anders aussahen, denn durch sie hatte er ihr diese Ekstase geschenkt, die sie von der Erde fortgeführt hatte, zum Himmel empor.

»Ich liebe ihn!« dachte sie und wußte, daß sie sich nichts weiter wünschte, als mit ihm zusammenzusein, und daß er ihr versicherte, daß er sie trotz ihres Verhaltens vom Vorabend noch immer liebte und begehrte.

Es war fast, als griffe eine kalte Hand nach ihrem Herzen, als sie sich dann fragte, ob er vielleicht, weil sie fortgelaufen war, seine Meinung geändert hatte.

Aber sie beruhigte sich wieder, sagte sich, ihre Sorgen wären unbegründet.

Die Liebe, die sie beide füreinander empfanden, konnte nicht über Nacht verschwinden, sie kam aus der Ewigkeit und würde bis in alle Ewigkeit fortbestehen.

Als sehnte sie sich verzweifelt danach, beruhigt zu werden, lief sie durch ihre Kabine und riß die Tür auf.

In diesem Augenblick öffnete sich die Tür der Kajüte neben ihr, und auf der Schwelle stand der Marquis.

Einen Moment lang standen beide reglos, und als sich ihre Blicke trafen, war es, als wären sie zu Stein geworden.

Dann fing Lucia zitternd und unter Mühe an:

»Ich . . . muß dir . . . etwas sagen . . .«

Der Marquis trat vor und nahm ihre Hand in seine.

»Verzeih mir, mein Liebling«, sagte er mit seiner tiefen Stimme, »und sag mir, wann du mich heiraten wirst.«

7

Vor Verblüffung verschlug es Lucia die Sprache, und während sie versuchte, Worte zu finden, konnte sie den Marquis nur anstarren.

Dann sagte er lächelnd:

»Ich wollte einen Spaziergang machen. Hast du Lust mitzukommen? Wir haben uns schließlich eine Menge zu sagen.«

Bei diesen Worten streckte er die Hand aus, und als sie ihre hineinlegte, hatte sie wieder das Gefühl, daß sich seine Vibrationen mit ihren verbanden, daß sie eine Person waren.

So, wie sie war, ging sie mit ihm an Deck.

Dort sah sie, daß er offensichtlich Anweisungen gegeben hatte, denn ein Boot wartete bereits, um sie die kurze Strecke zum Ufer zu bringen.

Zuerst jedoch mußte sie über eine Strickleiter ins Boot hinabsteigen. Der Marquis stieg zuerst hinab, um ihr helfen zu können.

Als seine Hände ihre Taille berührten, fühlte sie, wie ein Schauder sie durchströmte. Sie war sicher, daß er es gemerkt hatte.

Die Matrosen ruderten sie in die Mitte der Bucht, in der sich eine kleine Mole befand, von der aus sie an Land gehen konnten.

»Kommt in einer Stunde wieder«, ordnete der Marquis an, ehe er Lucia über die Mole an den Strand folgte.

Ohne ein Wort stiegen sie die Stufen hinauf und gelangten auf rauhes Land, auf dem niedriges Gestrüpp wuchs, das unter Blüten fast erstickte.

Dahinter befanden sich Mimosenbäume, gold wie die Sonne

und so schön wie das Licht des frühen Morgens, das jetzt den Himmel erfüllte.

Wieder nahm der Marquis Lucias Hand, und sie schlenderten einen kleinen Weg unter den Bäumen entlang, bis sie zu einem Sitz kamen, von dem aus sie aufs Meer schauen konnten.

Ganz offensichtlich befanden sie sich an einem Aussichtspunkt, den später im Jahr viele Gäste besuchen würden.

Doch noch war es zu früh und kein Mensch war zu sehen, und als der Marquis neben der Bank stehen blieb, setzte Lucia sich hin und schaute zu ihm auf.

Er nahm neben ihr Platz. Dann nahm er ihre Hände und sagte:

»Ich liebe dich! Ich lag gestern nacht wach und dachte darüber nach, wie sehr ich dich verletzt hatte, und ich wußte, daß nichts auf der Welt wichtiger ist als unsere Liebe.«

Da das genau das war, was Lucia gedacht hatte, schlossen sich ihre Finger um seine, und sie murmelte:

»Ich habe auch . . . daran . . . gedacht.«

»Davon war ich überzeugt.«

»Ich . . . ich muß dir . . . etwas sagen.«

Er lächelte, ehe er antwortete:

»Ich höre. Aber sprich nicht zu lange, Liebling, denn ich wünsche mir nichts sehnlicher, als dich zu küssen.«

»Nein . . . bitte, du . . . mußt dir zuerst . . . anhören, was ich . . . zu sagen habe.«

Sie zog ihre Hand zurück, denn es war schwer, zu sprechen, wenn er sie berührte, weil sie dann an nichts anderes als an seine Nähe und an die Gefühle, die er in ihr wachrief, denken konnte.

Als würde er sie verstehen, lehnte er sich zurück und legte den Arm auf die Lehne der Bank, so daß er ihr ins Gesicht schauen konnte.

Als sie zögerte, nach Worten suchte, meinte er:

»Könnte jemand reizender sein? Dein Gesicht hat mich verfolgt, seit ich dich zum erstenmal gesehen habe, und was mich betrifft, so gibt es keine andere Frau auf der ganzen Welt.«

Es rührte sie, was er sagte, und ein Schauder durchlief sie, der ihm nicht entging. Deshalb fragte er:

»Was wolltest du mir erzählen?«

Sie verschränkte die Finger ineinander und antwortete:

»Ich . . . habe auch letzte Nacht daran gedacht, wie . . . sehr ich dich . . . liebe, und weil . . . das so ist, will ich . . . tun, was . . . du wünschst.«

»Ich dachte mir, daß du das sagen würdest, mein Liebling«, antwortete der Marquis, »aber ich wünsche mir nur, daß du immer und für alle Zeiten bei mir bist, nicht nur heimlich und im Verborgenen.«

Lucia holte bei seinen Worten tief Luft. Dann sagte sie:

»Das . . . möchte ich auch, aber weil . . . es unmöglich ist, daß . . . du mich heiratest . . .«

»Ich beabsichtige aber, dich zu heiraten«, unterbrach der Marquis sie, »und nur, weil ich so überaus dumm war, habe ich gestern abend etwas anderes vorgeschlagen.«

»Nein . . . nein . . . du hattest . . . recht«, beharrte Lucia. »Wir dürfen unsere Liebe . . . nicht verlieren, aber dennoch . . . kann ich nicht . . . deine Frau werden.«

Der Marquis lächelte, und es war ein sehr zärtlicher Ausdruck.

»Du denkst an mich, nicht an dich, und dafür bewundere ich dich, aber ich will dich immer noch heiraten.«

Schweigen entstand. Dann stammelte Lucia:

»Ich . . . ich hätte mir niemals vorzustellen gewagt . . ., niemals erträumt, daß du . . . mich bitten würdest, deine . . . Frau zu werden, weil ich weiß . . . es ist unmöglich.«

»Warum sollte es unmöglich sein?« erkundigte sich der Marquis ein wenig aggressiv.

»Du bist so . . . wichtig . . . und Mama hat mir . . . erklärt, daß . . . Aristokraten auch Aristokraten heiraten müssen . . . und wegen deiner Position . . . mußt du sehr stolz . . . auf deine Frau sein.«

»Ich werde immer sehr stolz auf dich sein«, sagte der Marquis leise, »wegen deiner Schönheit und Reinheit.«

Lucia wandte sich ab. Er fand ihr Profil so hübsch und perfekt, es hätte in seinen Augen das Profil einer griechischen Göttin sein können.

Ihm schoß der Gedanke durch den Kopf, daß niemand, der sie sah, auch nur einen Augenblick in Frage stellen würde, daß sie ebenso adlig war wie er selbst, mit einem Titel, der dem seinen in nichts nachstand.

Dann wandte sich Lucia ihm zu und erklärte:

»Ich fühle mich geehrt . . . zutiefst geehrt, daß . . . du mich bittest, deine Frau zu werden . . . aber wenn ich dich auch von ganzem Herzen liebe, so kann ich . . . doch nicht . . . deine Frau werden.«

Sie sprach so entschieden, daß der Marquis sie erstaunt ansah, ehe er sagte:

»Glaubst du wirklich, ich würde zulassen, daß du mich zurückweist? Ich habe meinen Entschluß gefaßt, Lucia, und nichts wird uns daran hindern, zu heiraten!«

Lucia stieß einen leisen Schrei aus.

»Bitte . . . du mußt verstehen . . . auch, wenn ich dich für immer und ewig lieben werde . . . es kommt überhaupt nicht in Frage, daß ich . . . dich heirate!«

»Warum nicht?«

Die Frage klang von den Lippen des Marquis wie ein Pistolenschuß, ehe er hinzufügte:

»Du kannst doch nicht – bereits verheiratet sein!«

»Nein, natürlich bin ich nicht verheiratet«, beruhigte ihn Lucia hastig. »Aber ich kann dich nicht heiraten . . . und es hat keinen Sinn . . . mehr dazu zu sagen.«

Der Marquis starrte sie an.

»Glaubst du wirklich, ich würde diesen Entschluß akzeptieren, ohne daß du mir einen sehr guten Grund dafür nennst? Du liebst mich, Lucia und ich liebe dich! Deshalb mußt du mir erklären, warum du es vorziehen würdest, meine Geliebte zu sein, anstatt meine Ehefrau.«

Er hatte beabsichtigt, sie mit der Art zu schockieren, in der er sprach, und er sah wieder den kleinen Schauder, der sie durchlief.

Er wußte, daß sie an Francesca dachte, und wie sehr das Verhalten der Venezianerin sie abgestoßen hatte.

Ganz leise fragte er jetzt:

»Welches Geheimnis hast du vor mir? Ich glaube, ich habe immer gewußt, daß es etwas gibt, was du vor mir verbirgst.«

»Ich . . . ich glaube, ich sollte . . . es dir nicht . . . erzählen.«

»Du mußt. Kannst du dir vorstellen, daß irgend jemand, am wenigsten der Mann, der dich liebt, zuläßt, daß du etwas verbirgst, das wie eine Mauer zwischen uns stehen würde?«

Lucia sagte nichts, und nach einer Weile fuhr er fort:

»Was immer es ist, was immer du getan hast, ich werde dich so lieben, wie ich dich jetzt liebe, und werde immer noch wünschen, daß du mich heiratest.«

Die Art, wie er sprach, trieb Lucia Tränen in die Augen, und nach einer Weile murmelte sie:

»Wie kannst du . . . so wundervoll . . . sein?«

»So, wie du zu mir sprichst«, erwiderte der Marquis. »Deshalb darf es auch keine Geheimnisse zwischen uns geben.« Wieder wandte sich Lucia von ihm ab, und er wußte, daß sie sich fragte, was sie tun sollte.

»Ob wir nun heiraten oder ob wir zusammenleben, Lucia, wir sind eins, und nichts kann uns scheiden als der Tod, und ich glaube, selbst dann noch werden wir zusammensein.«

Als hätten seine Worte sie noch mehr gerührt, als es ohnehin schon der Fall gewesen war, flossen die Tränen in ihren Augen über und liefen ihr die Wangen hinunter.

Der Marquis machte eine kleine Bewegung, als wollte er sie in die Arme nehmen, hielt sich dann aber mit Mühe zurück und sagte bloß:

»Erzähl es mir, Liebling, so schwer es auch sein mag, und ich verspreche dir, daß ich verstehen werde.«

Einen Moment herrschte Stille. Dann sagte Lucia mit einer Stimme, die nicht ihr zu gehören schien:

»Ich . . . ich kann dich nicht heiraten, weil . . . ich habe keine Identität. Die Leute . . . würden alles über mich wissen wollen . . . und wenn sie es herausfinden . . . würde es dich verletzen.«

Der Marquis schaute sie verwirrt an. Dann sagte er:

»Ich verstehe nicht. Fang mit dem Anfang an, Liebes, und erzähl mir alles über dich.«

»Mama hat gesagt, daß ich niemals ein Wort darüber verlauten lassen dürfte . . . außer zu . . . meinem Ehemann. Sie hat sich niemals träumen lassen, daß ich jemanden wie dich heiraten könnte. Tatsächlich hat sie mir sogar gesagt, es wäre . . . unmöglich. Sie hat einfach nur gehofft, daß ich . . . einen ganz gewöhnlichen Mann lieben würde . . . für den es nicht so wichtig wäre.«

»Was dich angeht, mein Liebling, so bin ich der Mann, der dein Ehemann werden wird, und nichts sonst ist wichtig.«

Lucia wischte sich mit der Hand die Tränen von den Wangen, als sie leise lächelnd sagte:

»Du weißt, daß das . . . nicht wahr ist. Du kannst nicht anders . . . du bist du, und das . . . macht es so schwierig.

»Verrate mir dein Geheimnis, und ich werde entscheiden. Aber es gibt nichts, was uns trennen wird.«

Lucia holte tief Luft. Dann sagte sie, hauchte es fast:

»Papas Name war nicht . . . Beaumont, wie du denkst, sondern . . . Beaufoy.«

Sie fühlte, wie der Marquis erstarrte.

»Er war der . . . jüngste Sohn des . . . Duke of Beauhampton!«

»Kann das wahr sein?«

Lucia nickte.

»Aber warum? Warum hat er unter einem angenommenen Namen gemalt?«

»Das will ich dir gerade erzählen.«

Der Marquis beugte sich vor und ergriff erneut ihre Hand.

»Als mein Großvater, der Duke . . . er ist jetzt tot . . . über fünfzig war«, fing Lucia an, »fuhr er während des Waffenstillstands mit Frankreich nach Europa, um einen alten Freund zu besuchen, den Großherzog Maximus von Valenstein.«

Als glaubte sie, der Marquis hätte sie nicht verstanden, erklärte sie:

»Valenstein war ein kleines Land an Österreichs Grenze, und ich glaube, sein Volk war sehr glücklich.«

»Ich habe davon gehört«, bemerkte der Marquis leise.

»Ehe der Duke nach England zurückkehrte, fragte er den Großherzog, ob er seine jüngste Tochter heiraten könnte . . . Prinzessin Ilena.«

Lucias Stimme veränderte sich, als sie erzählte:

»Die Prinzessin, die noch in der Ausbildung war, hatte während des Aufenthaltes des Duke im Palast kaum mit ihm gesprochen, und erst, nachdem er abgereist war, erzählte man ihr, daß sie ihn heiraten sollte. Sie war überrascht und verwirrt, wußte aber, daß sie nichts dagegen tun konnte.«

»Sie wollte keinen Engländer heiraten?« erkundigte sich der Marquis.

»Es lag nicht daran, daß er Engländer war«, sagte Lucia hastig, »denn die Prinzessin war selbst zu einem Viertel Engländerin, ihre Großmutter kam aus England.«

Es entstand eine kleine Pause, ehe Lucia fortfuhr:

»Es erschreckte sie, daß sie einen Mann heiraten sollte, von dem sie bereits wußte, daß er drei erwachsene Söhne und zwei Töchter hatte.«

»Das kann ich verstehen«, murmelte der Marquis.

»Als dic Prinzessin dann im Haus des Duke in Cornwall eintraf, lernte sie seinen jüngsten Sohn, Bernard, kennen.«

»Und sie verliebten sich ineinander!«

»Vom ersten Augenblick an, sagte Mama, war es, als würde Papa ein Licht ausstrahlen, und ihm ging es mit ihr genauso.«

»Was ist passiert?«

»Zuerst dachten sie verzweifelt, daß sie nichts tun könnten, und Papa beschloß, ins Ausland zu gehen, weil er nicht mit

Mama im selben Land leben und zusehen konnte, wie sie mit seinem Vater verheiratet war.«

»So hätte ich auch gefühlt«, meinte der Marquis.

»Sie waren sehr unglücklich, bis Papa eine Idee hatte.«

»Und was war das?«

»Es war schlau . . . erforderte aber sorgfältigste Planung.«

»Was haben sie gemacht?«

»Zuerst holte Papa seine beiden besten Pferde aus dem Stall und erzählte dem Knecht, er würde sie einem Freund verkaufen, der nicht weit entfernt wohnte. Dann hatte er auch alle Kleider aus dem Haus geschmuggelt, die er auf dem Sattel transportieren konnte. Auch diese ließ er im Haus seines Freundes.

Für Mama war es schwieriger, weil sie eine Zofe bei sich hatte. Trotzdem schaffte sie es, ihm ein, zwei Dinge zu geben, von denen sie annahm, daß sie unerläßlich wären.«

Lucia stieß einen kleinen Seufzer aus.

»Du kannst dir vorstellen, wie groß ihre Angst war, daß man ihre Pläne im letzten Augenblick entdecken könnte. Dann, vier Tage, ehe meine Mutter mit dem Duke nach Valenstein zurückkehren sollte, um zu heiraten, setzten sie und Papa ihren Plan in die Tat um.

Ganz früh am Morgen verließen sie das Haus. Mama ließ für ihre Großmutter eine Nachricht zurück, in der stand, daß Papa ihr versprochen hatte, ihr die Morgendämmerung über den Drageon Caves zu zeigen. Die Drageon Caves waren berühmt, und jeder, der beim Duke wohnte, besichtigte sie, aber man konnte sie nur von einem Boot aus richtig sehen.«

Der Marquis lauschte aufmerksam und fing langsam an zu verstehen, was geschehen war.

»Papa ruderte Mama in einem Boot die Küste entlang. Dann setzte er sie an Land, zog sich aus, ruderte im Boot auf die Grotte zu und warf die Ruder über Bord.

Er hat immer erzählt, es wäre sehr schwierig gewesen, aber es gelang ihm doch, das Boot umzukippen, bis es mit dem Bug oben schwamm.«

»Das war sehr klug von ihm«, lobte der Marquis.

»Papa stieß das Boot aufs Meer hinaus«, fuhr Lucia fort, »und schwamm dann zurück ans Ufer, dorthin, wo er Mama zurückgelassen hatte. Er zog seine Kleider an, und sie eilten zu einem Wäldchen, in dem sein Freund mit den beiden Pferden wartete.

Der Marquis lächelte. »Ein genialer Plan.«

»Sie galoppierten davon, wollten sich so weit wie möglich vom Haus des Dukes entfernen, ehe sich irgend jemand fragte, warum sie nicht zurückgekommen waren.«

»Und sind sie damit durchgekommen?«

»Die Tragödie ihres Todes wurde in den Zeitungen veröffentlicht, und es hieß dort auch, daß man erwartete, daß ihre Leichen irgendwo an der Küste angespült werden würden.«

Lucia lachte leise, als sie hinzufügte:

»Es war bekannt, wie stark die Strömungen in der Nähe der Grotten waren, und daß sie manchmal gefährlich werden konnten.«

»Und niemand hat jemals auch nur geahnt, daß sie noch am Leben waren?« staunte der Marquis.

Lucia schüttelte den Kopf.

»Papa hatte selbst Geld, und kurz vor seinem angeblichen Tod hatte er alles Geld von seinen Konten abgehoben.«

»Und das war alles, was sie zum Leben hatten?«

»Es war ihnen natürlich klar, daß sie sehr vorsichtig sein mußten«, erzählte Lucia, »und als ich zwei Jahre später, 1805, geboren wurde, haben sie sich zwar sehr darüber gefreut, aber ich bedeutete auch eine weitere Ausgabe.«

»Sie ließen sich also in Little Morden nieder.«

»Papa hatte als junger Mann Worcestershire besucht und es für eine ruhige, abgeschiedene Grafschaft gehalten. Als sie dort schließlich ein winziges Häuschen fanden, mieteten sie es für ein paar Shilling pro Woche. Es wurde unser Heim und ich habe es sehr geliebt.«

»Das kann ich verstehen, weil deine Eltern zwei Menschen waren, die für ihre Liebe alles gewagt hatten.«

»Sie hatten natürlich immer Angst, daß jemand entdecken würde, daß sie nicht tot waren; denn das hätte . . . einen großen Skandal . . . hervorgerufen.«

»Natürlich, aber sie sind ja nicht entdeckt worden.«

»Mama hat Papa ermutigt zu malen, weil sie erkannt hatte, wie talentiert er war. Und wie ich dir bereits erzählt habe, konnte er, als wir dann sehr arm wurden, ein wenig Geld damit verdienen, daß er herkömmliche Bilder malte, anstelle derjenigen, die ihm eigentlich lieber waren.«

Der Marquis sagte nichts, und nach einem Moment fuhr sie fort:

»Jetzt . . . verstehst du wohl, warum ich . . . dich . . . nicht heiraten kann.«

Der Marquis legte die Arme um sie und zog sie an sich.

»Glaubst du wirklich, daß wir nicht genauso schlau sein könnten wie dein Vater? Daß es uns nicht nur gelingen sollte, eine Entdeckung zu vermeiden, sondern sicherzustellen, daß niemand Grund dazu hat, neugierig in bezug auf dich zu sein, wie es wohl der Fall wäre, wenn du einfach eine kleine ›Miss Beaumont aus dem Nichts‹ wärest?«

Lucia schaute zu ihm auf.

»Was . . . sagst du da? Ich . . . verstehe nicht.«

»Ich kann nicht zulassen, daß du meine Intelligenz unterschätzt«, antwortete der Marquis. »Dein Vater und deine Mutter waren klug genug, um in all diesen Jahren der Entdekkung zu entgehen, und wir werden es genauso machen.«

»Das wäre unmöglich . . . wenn ich deine Frau wäre . . . würde man einfach Fragen stellen«, erklärte Lucia hastig.

»Da kann ich dir nur zustimmen. Deshalb müssen wir die richtigen Antworten für sie bereit haben.«

»Wie könnten wir das?«

»Ich denke gerade darüber nach. Mein Liebling«, sagte er. »Ich will dich in Nizza heiraten, nur zwei Tage von hier entfernt. Ich kann nicht länger warten!«

»Aber ich habe dir doch . . . gerade erklärt, daß wir . . . nicht heiraten können!«

»Was du mir erzählt hast, hat es um vieles einfacher gemacht, auch wenn du das nicht glauben willst.«

»Wie kannst du das sagen?«

»Weil ich nicht ›Miss Beaumont‹ heiraten und mich von den Leuten ausfragen lassen werde, wer dein Vater und deine Mutter waren! Das wäre entschieden zu gefährlich.«

»Aber . . . was können wir dann tun?«

Der Marquis machte eine kleine Pause, dann sagte er:

»Ich nehme an, du weißt, daß Napoleon Valenstein erstürmt hat, als er gegen die Österreicher kämpfte?«

»Ja, Mama wußte es, und es hat sie sehr aufgeregt.«

»Was von dem Land übrig war, wurde ins österreichische Kaiserreich eingefügt, und nach deinem Großvater gab es keinen weiteren Großherzog mehr.«

»Mama hat geweint, als sie in der Zeitung davon gelesen hat«, erzählte Lucia, »aber es gab eigentlich auch keinen direkten Erben, weil sie keinen Bruder hatte.«

»Daran konnte ich mich erinnern, und deshalb, mein Liebling, ist unsere Geschichte ganz einfach.«

»W . . . was? Was . . . sagst du da?«

»Du bist das letzte, lebende Mitglied der Familie«, erklärte der Marquis. »Kurz, ehe Napoleon in euer Land einmarschierte, als er all die anderen kleinen Fürstentümer und Staaten Europas verschlang, hat man dich nach Venedig geschickt, wo du bei Freunden leben solltest. Seitdem bist du immer dort gewesen.«

Lucia starrte ihn mit großen Augen an, und er fuhr fort:

»Ich bezweifle, daß irgend jemand besonders neugierig sein wird, und gewiß weiß niemand etwas über eine Prinzessin Lucia von Valenstein.«

»Prinzessin!« rief Lucia aus.

»Ein Titel, der dir als Tochter deiner Mutter zusteht und der von meiner Familie gewiß akzeptiert werden wird.«

»Und du glaubst wirklich . . . sie würden . . . das glauben?«

»Können sie es denn in Frage stellen? Wenn ich ihnen die Geschichte selbst erzähle?«

Er lächelte, ehe er fortfuhr:

»Ich versichere dir, daß meine Verwandten im großen und ganzen ziemlich viel Angst vor mir haben, und die wird sie im Zaum halten.«

Lucia lachte.

»Das wäre ja eine Geschichte wie im Märchen«, meinte sie.

»Ich werde dich heiraten«, erklärte der Marquis. »Und wenn dein Vater und deine Mutter so tapfer sein konnten, unter solchen Umständen miteinander fortzulaufen, dann sollten wir doch genauso klug sein und mit unserer Geschichte durchkommen, die noch viel glaubhafter ist.«

»Ich liebe dich!« rief Lucia. »Ich liebe dich, ich liebe dich!«

Es war unmöglich für sie, mehr zu sagen, denn der Marquis küßte sie leidenschaftlich, besitzergreifend, und die Sonne durchbrach den Nebel am Horizont und tauchte sie in strahlendes Licht.

Lucia stand in ihrer Kabine und betrachtete sich selbst im Spiegel, dachte, daß das, was sie da sah, nur Teil eines Traumes sein konnte.

Es kam ihr so vor, als wäre es erst gestern gewesen, daß sie hungrig und verängstigt gewesen war.

»Wie hätte ich erraten können . . . wie hätte ich wissen können, daß ich . . . seine Frau werden . . . würde?« fragte sie ihr Spiegelbild.

Sie wußte jetzt, daß Gott und ihre Mutter für sie gesorgt hatten, daß sie sie geführt und ihr geholfen hatten, und sie war ausgesprochen dumm gewesen, es nicht zu erkennen.

Trotzdem konnte sie noch immer nicht vergessen, wie groß ihre Angst gewesen war, daß ihr Vater sterben und sie allein zurücklassen könnte.

Doch als sie dann den Marquis gefunden hatte, hatte sich alles verändert, und jetzt, da sie sich in ihrem Hochzeitskleid im Spiegel sehen konnte, dachte sie, daß sie aus einem der Gemälde ihres Vaters herausgetreten sein könnte.

Der Sonnenschein fiel durch die Bullaugen und glänzte auf

ihrem Haar und auf dem Kranz aus Orangenblüten, der einen Schleier hielt, der so fein war, als wäre er von Feenfingern gewebt.

Der Marquis hatte ihn für sie gekauft, zusammen mit einer ganzen Anzahl von Kleidern, die er von dem elegantesten und besten Schneider Nizzas hatte anfertigen lassen.

»Ich habe mir immer gewünscht, deine Schönheit so eingerahmt zu sehen, wie sie es verdient«, hatte er erklärt, »und ich habe wach gelegen und mir vorgestellt, wie du in den Kleidern aussehen würdest, die ich dir jetzt schenken kann, ohne daß du sie aus Stolz zurückweisen kannst. Aber als meine Frau möchte ich, daß du jeden blendest, der dich sieht. Außerdem, wie könnte eine Prinzessin anders als eine Königin gekleidet sein?«

Sie lachte und sagte:

»Ich glaube, du nennst mich nicht nur Prinzessin, um dein Gesicht zu wahren, sondern auch, weil du im Grunde deines Herzens wie all deine Verwandten und alle Engländer ein Snob bist!«

»Ich muß gestehen, da steckt ein Körnchen Wahrheit drin«, meinte der Marquis.

Er küßte sie, und sie hatte keine Chance zu einer Antwort.

Aber sie dachte jetzt, daß ihre Mutter aufgeregt und erfreut sein würde, wenn nach all den Jahren des Versteckspielens und des Lebens als ein Niemand ihre Tochter nun die Stellung in der Gesellschaft einnehmen würde, die sie selbst einst innegehabt hatte.

Manchmal hatte sie zu Lucia gesagt:

»Ich habe nie auch nur einen Moment lang bedauert, mit deinem Vater davongelaufen zu sein, denn ich bin der glücklichste Mensch der Welt! Aber ich möchte trotzdem, mein Liebling, daß du in einem Palast wohnst, wie ich es getan habe, daß du die besten Reitpferde hast und weißt, daß die Menschen, über die du regierst, glücklich und zufrieden sind.«

Und nach einer kurzen Pause hatte sie dann hinzugefügt:

»Sie haben immer gejubelt und Blumen in unsere Kutsche geworfen, wenn wir durch Valenstein fuhren.«

Aber Lucia, die nur das beschränkte Leben in der kleinen Hütte in Little Morden kannte, konnte sich das kaum vorstellen.

Als sie jetzt von dem Marquis gehört hatte, wie viele Häuser er neben dem Heim seiner Vorfahren in Buckinghamshire noch besaß, wußte sie, daß ihre Mutter froh sein würde, weil sie wie eine Prinzessin leben würde.

Als sie auf die Yacht zurückkehrten, sagte der Marquis:

»Ich kenne den derzeitigen Duke of Beauhampton, von dem ich annehme, daß er dein Onkel ist. Es wird interessant sein, festzustellen, ob zwischen ihm und deinem Vater Ähnlichkeit besteht.«

»Es ist ein Glück, daß ich, abgesehen von meinem hellen Haar, Papa nicht sehr ähnlich sehe.«

»Ich war immer sicher, daß du keine hundertprozentige Engländerin bist«, meinte der Marquis, »und weil du so verschwiegen warst, wurde ich mißtrauisch, als du immer wieder betont hast, du wärest Engländerin.«

Er legte die Arme um sie und fügte hinzu:

»Du bist keine sehr gute Lügnerin, mein Schatz. Du mußt mir versprechen, daß du nie wieder versuchen wirst, mich anzulügen.«

»Ich verspreche es dir, weil ich dich gar nicht belügen will.«

Der Marquis küßte sie, ehe er sagte:

»Deine Augen sind reizend, und ich weiß, daß ich immer wissen werde, was wahr ist und was nicht.«

Als sich Lucia jetzt vom Spiegel abwandte, dachte sie, daß die Wahrheit sehr einfach wäre, sie liebte den Marquis, und wenn sie erst verheiratet waren, würde sie ihr ganzes Leben der Aufgabe widmen, ihn glücklich zu machen.

Es klopfte, und als sie sagte ›herein‹, stand Evans vor ihr.

»Seine Lordschaft läßt fragen, Miss, ob Sie fertig sind. Er wartet im Salon, und der Wagen steht auf dem Kai.«

»Ich bin soweit. Ist mit meinem Kleid alles in Ordnung?«

»Sie sehen wirklich schön aus«, lobte Evans, »und das ist Tatsache!«

Aus seiner Stimme sprach Bewunderung, die nur ernst gemeint sein konnte, und Lucia lächelte, als sie durch die Kabine schritt.

Der Marquis hatte ihr bereits erzählt, daß Evans, als er ihn über die bevorstehende Hochzeit informiert hatte, ausgerufen hatte:

»Das ist mal eine gute Nachricht, Mylord! Wenn Sie mich gebeten hätten, Eurer Lordschaft 'ne Frau auszusuchen, ich hätte niemand besseren als Miss Beaumont finden können. Sie ist wirklich 'ne Lady, selbst, wenn ihr Vater nur ein armer Künstler war.«

Weil er es für das Beste gehalten hatte, daß Evans die Geschichte verbreitete, die sie sich zurechtgelegt hatten, hatte der Marquis ihm daraufhin erklärt, wer Lucia war, und daß ihr Vater nur gezwungen gewesen war, unter einem angenommenen Namen zu malen, weil er im Krieg so viel Geld verloren hatte.

»Ich glaube, Evans«, hatte er geendet, »es wäre das Beste, die Umstände zu vergessen, unter denen wir Miss Beaumont gefunden haben, ich verlasse mich darauf, daß Sie nichts verraten, wenn wir nach England zurückkehren. Ich heirate nicht ›Miss Beaumont‹, sondern Prinzessin Lucia von Valenstein, und so wird auch über unsere Hochzeit in den Londoner Zeitungen berichtet werden.«

Als er das sagte, da wußte er, daß Evans stolz darauf sein würde, ins Vertrauen gezogen worden zu sein. Er konnte sich darauf verlassen, daß er seinen Bediensteten in England die richtige Geschichte erzählen würde.

Ihm waren inzwischen noch ein paar weitere Einzelheiten eingefallen, was mit Valenstein unter Napoleons Armee geschehen war, und er war sicher, daß Evans eine gute Geschichte aus allem zusammenstellen würde.

Als Lucia zu ihm in den Salon trat, fand er, daß niemand mehr wie eine richtige Prinzessin aussehen konnte.

»Ich liebe dich!« sagte er. »Wie groß und tief meine Liebe ist, werde ich dir sagen können, wenn wir verheiratet sind.«

Sie errötete bei seinem Unterton.

Dann ging sie ihm voraus über die Planke und stieg in die geschlossene Kutsche, die auf dem Kai wartete.

Der Marquis hatte alles arrangiert, und sie fuhren zuerst zur *Mairie*, wo sie nach französischem Recht vom Bürgermeister getraut wurden.

Sobald seine ziemlich wortreichen Glückwünsche abgeschlossen waren, fuhren sie weiter zur Englischen Kirche, wo ein Pfarrer auf sie wartete.

Der Altar und die ganze Kirche waren mit weißen Lilien geschmückt. Als sie eintraten, ertönte leise Orgelmusik, und der Kapitän und der erste Maat der Yacht warteten, um als Trauzeugen zu fungieren.

Als der Marquis den Ring auf ihren Finger schob, fühlte sie, wie sie zitterte, weil er sie berührte, und ihre Liebe schien sie beide dem Göttlichen sehr nahe zu bringen.

»Wir sind von Gott gesegnet«, sagte sich Lucia und wußte auch ohne Worte, daß der Marquis dasselbe fühlte.

Sie unterschrieben und gingen dann durch das Kirchenschiff zurück zu der Kutsche, die auf sie wartete. Als sie damit davonfuhren, nahm der Marquis ihre Hand und hob sie an seine Lippen.

Sie sagte nichts, weil sie das Gefühl hatte, ihr ganzes Herz und ihre Seele wären von dem heiligen Ernst mitgerissen worden, der Teil der Hochzeitszeremonie gewesen war.

Als hätte der Marquis dasselbe Gefühl, zog er sie ein wenig näher an sich, nachdem er ihre Hand geküßt hatte, aber dann fuhren sie schweigend weiter.

Erst als sie eine geraume Strecke zurückgelegt hatten, erkannte Lucia, daß sie nicht zum Hafen zurückkehrten.

Nach einer Erklärung suchend, sah sie den Marquis an.

»Ich habe eine Überraschung für dich, meine reizende Ehefrau!«

»Was ist das?«

»Ich habe dir vorher nicht erzählt, daß ich eine Villa gleich außerhalb von Nizza habe.«

»Warum hast du das geheimgehalten?«

»Ich bin seit vielen Jahren nicht mehr dortgewesen, und ich wollte ganz sicher sein, daß sie komfortabel und schön genug für meine Braut und unsere Flitterwochen ist.«

Lucia rückte noch näher an ihn heran und lehnte den Kopf an seine Schulter.

»Wo immer wir auch unsere Flitterwochen verbringen, es wird ein wunderbarer Ort sein, wenn ich mit dir zusammen bin.«

»Das dachte ich auch, und was noch wichtiger ist, mein Liebling; wir werden dort allein und ungestört sein.«

Die Pferde klommen einen steilen Hang empor, und als sie jetzt von der Straße abbogen, befanden sie sich auf einer Auffahrt unter Zypressenbäumen.

An ihrem Ende schimmerte eine große Villa weiß im Sonnenschein. Sie erinnerte Lucia an einen griechischen Tempel, der hoch über dem Meer in einem Garten stand, der von Blumen und Blüten überquoll.

Es war jedoch schwierig, irgend etwas anderes als die Augen des Marquis anzusehen, als er Lucia aus dem Wagen zog und sie durch ein hohes Portal in den großen, kühlen, weißen Raum führte, der – wie ihr Kleid – einem Märchen zu entstammen schien.

Er schaute sie lange an, ehe er sagte:

»Ich hätte nie gedacht, daß irgend jemand so reizend oder so perfekt aussehen könnte! Wie konnte ich nur solch unglaubliches Glück haben, dich zu finden?«

»Das . . . frage ich mich selbst.«

Sie dachte, er würde sie küssen, aber statt dessen streckte er die Hand aus, um ihr Kinn zu berühren, fuhr mit den Fingern zärtlich dran entlang und gab ihr so das sonderbare Gefühl, von der Sonne berührt zu werden.

Ganz sanft, als wäre überhaupt keine Eile, nahm er dann den Kranz von ihrem Kopf, und anschließend den Hochzeitsschleier.

Er warf beides auf einen Sessel, ehe er sie langsam und zärtlich in die Arme zog und küßte.

Wie immer, wenn der Marquis sie küßte, fühlte sie, wie ihr ganzes Wesen reagierte und sich ihm ergab.

Er zog sie näher und näher, sein Kuß veränderte sich, war nicht mehr sanft, sondern besitzergreifend, wenn auch gleichzeitig ehrfürchtig. Sie fühlte das Feuer auf seinen Lippen brennen, und es entfachte ein Feuer in ihr selbst.

Als die Flammen höher und höher schlugen, zog der Marquis sie aus dem Zimmer, in dem sie standen.

Lucia merkte kaum, daß sie sich jetzt in einem Zimmer wiederfand, in dem ein Bett mit einem Kopfteil in der Form einer silbernen Muschel stand, und mit einer Tagesdecke aus kostbarer Spitze über weißem Satin.

Die Wände des Zimmers waren ebenfalls weiß, und als sie sie anschaute, stellte sie überrascht fest, daß die Gemälde ihres Vater an der Wand hingen.

Nur der Marquis hätte sich etwas ausdenken können, was ihr so großes Vergnügen bereitete. Sie würde seine Frau werden, und ihr Vater segnete sie mit seinem Genie.

Die weißen Wände, die Schönheit des Zimmers, die Blumen überall, all das schien der geziemende Hintergrund, nicht nur für ihre Liebe, sondern auch für das Licht, das ihr Vater gemalt hatte, und das nun Venedig zu einem Teil ihrer Liebe machte.

Der Marquis beobachtete sie, als sie sich umschaute. Dann sagte sie:

»O Liebling, wie kann ich dir danken?«

»Ich werde dir sagen, wie du mir danken kannst«, flüsterte der Marquis. »Ich habe das Gefühl, mein Liebling, als hätte ich ein Jahrhundert lang auf deinen Dank gewartet.«

Er riß sie in die Arme und küßte sie noch einmal, aber jetzt leidenschaftlich, fordernd und herrisch, und als seine Küsse immer intensiver wurden, loderte in Lucia etwas Wildes und Wundervolles auf, das darauf reagierte.

Anschließend konnte sich Lucia nicht erinnern, wie es geschehen war, aber irgendwie hatte sie ihr Hochzeitskleid verloren und lag in dem weichen Bett, und als die Sonne durchs Fenster fiel und sie blendete, kam der Marquis zu ihr, und sie war nicht mehr allein.

»Ich liebe dich, meine perfekte, bewundernswerte, kleine Frau!« sagte er. »Und jetzt kann ich dir endlich sagen, wie sehr ich dich brauche und begehre und wie viel du mir bedeutest.«

»Ich . . . liebe dich . . . und es gibt keine . . . anderen Worte, um auszudrücken . . . was ich fühle, als die.«

»Ich habe mir gewünscht, daß du das sagen würdest, wieder und wieder, damit ich dir glauben kann, denn, mein Schatz, ich fürchte immer noch halb, du könntest verschwinden, und ich würde dich nie wiederfinden.«

»Das . . . werde ich niemals tun«, hauchte Lucia, »denn ohne dich wäre . . . ich nicht nur allein . . . sondern im Dunkel.«

»Die Zukunft ist für uns beide von Liebe und Glück erfüllt«, sagte er. »Nie wieder, meine schöne Frau, sollst du weinen oder Angst haben.«

»Ich . . . ich . . . liebe dich!«

Und weil Worte unnötig waren, küßte der Marquis ihre Lippen mit einem Feuer, das direkt bis in ihr Herz zu brennen schien.

Als sie in seinen Armen bebte, küßte er ihre Augen, ihre Lippen, ihren Nacken, ihre Brust, und da hatte sie wieder das Gefühl, daß Engel über ihnen sangen.

Und als er sie dann zur Seinen machte, war da nichts als das strahlende Licht der Liebe.

ENDE